KB042796

신의
연기

신의 연기 2

초판 1쇄 인쇄일 2016년 2월 20일 | **초판 1쇄 발행일** 2016년 2월 25일

지은이 백락 | **펴낸이** 곽중열 | **담당편집 팀장** 이범수
편집부 신연제 이윤아 김은경 홍현주

펴낸곳 (주) 조은세상 | 출판등록 제 2002-23호
주소 경기도 연천군 미산면 청정로 1355
TEL 편집부 02)587-2966 | FAX 02)587-2922
e-mail bukdu@comics21c.co.kr

ⓒ백락 2016
ISBN 979-11-5832-462-9 | ISBN 979-11-5832-460-5(set) | 값 8,000원

신의 연기

백락 白樂 현대판타지 장편소설

NEO MODERN FANTASY STORY

북두
(주)조은세상

CONTENTS

신의
연기

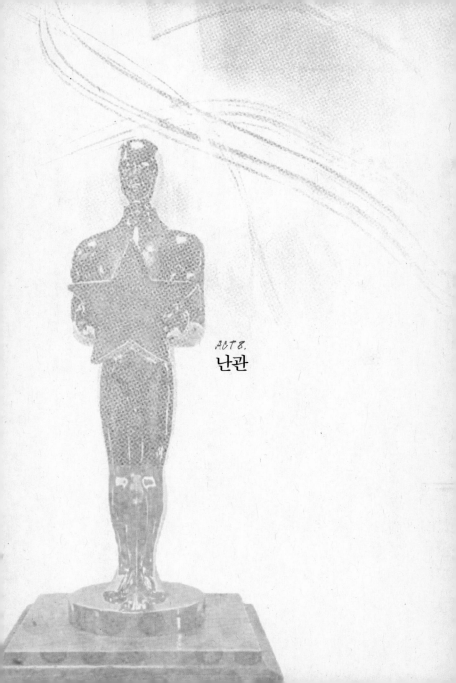

ACT 8.
난관

ACT 8.
난관

잠시 후, 촬영이 다시 이어졌다.

장면은 서윤도가 서윤도를 죽이러 온 자객들, 서가에 맞서는 비밀 조직의 일당과 싸우는 대목이었다.

신은 감정을 잡으며 배역에 완전히 몰입했고, 조금 전 연기하던 순간을 거의 완벽하게 재현해내기 시작했다.

"이제부터 내 말을 따르도록 하여라."

신은 차가운 눈동자로 기생 화월을 바라보았다. 화월은 신의 뿜어대는 아우라에 빨려드는 걸 느끼며 입을 열었다.

"아…… 알겠사옵니다."

감정에 풍덩 빠져 배역에 몰입하는 것, 이런 점이 매체

(카메라) 연기는 연극 연기와 달랐다.

연극(무대) 연기가 생방송 음악공연이라면, 매체 연기(드라마, 영화)는 사전에 녹화한 음악공연인지라 편집으로 장면을 잘라내는 게 갖다 붙이는 게 가능했다.

이러니 매체 연기에서 배우는 상황에 대한 집중과 상황에 직면한 배역의 감정에 완전히 몰입해야 할 필요성이 있었다. 이렇게 하지 않으면 카메라 렌즈는 허구성을 폭로할 테니까.

"우선 이 일은 네 머릿속에서 지우거라. 넌 이 서윤도와 오늘 만나지 못한 것이다. 알겠느냐?"

그녀는 침을 꿀꺽 삼키며 말했다.

"그, 그리하겠습니다."

"좋다. 이제 대청마루 밑에 숨도록 하거라. 네년의 눈앞에서 어떤 일이 벌어져도 넌 아무것도 못 본 것이다. 귀와 입도 막아라. 그럼 살 수 있을 것이다."

이때, 신은 서서히 모여드는 자객들을 보며 슬며시 웃었다.

"이거 오늘 길보다 흥이 많겠군."

기녀 화월이 대청마루 밑으로 숨는 사이 신은 자객들을 향해 검을 겨누며 말했다.

"오너라."

이 말에 자객들이 신을 향해 달려들었다.

곧이어, 검과 검이 부딪혔다. 불똥이 튀어 올랐다.

비록 수에서 불리는 했으나 신이 선보이는 무위는 참으로 압도적이었다.

급소를 공격하는 검에 맞은 자객 하나가 풀썩 쓰러졌다.

"다음."

곧이어, 신은 좁은 지형을 이용하여 자객들을 상대해나갔다. 신의 움직임은 날뛰는 이리같이 날쌨다. 액션 배우들이 바닥에 픽픽 쓰러지는데 참으로 실감 나는 동작으로 바닥에 쓰러졌다.

그러던 이때, 자객이 신의 뒤쪽으로 살금살금 다가와 검을 휘둘렀다. 신은 몸을 굴려 검으로 자객의 검을 막아 냈다. 한데, 검을 쥐던 신의 손이 떨리기 시작했다. 과거에 입었던 부상이 도지기 시작한 것이다.

신은 미간을 좁혔다.

"하필이면 이때……!"

자객들이 서로의 얼굴을 바라보며 고개를 끄덕이며 신을 향해 단도를 던졌다. 맞아도 다치지 않는 모조품이었으나 신은 검으로 단도를 하나하나 쳐냈다. 그러던 이때 신의 왼쪽 어깨에 단도가 박혔다.

푹!

장착해둔 혈액 주머니가 터지며 가짜 피가 어깨 쪽과 팔 쪽 의복을 적시기 시작했다.

한번 수세에 몰리자 신은 일방적으로 몰리게 되었다. 그러던 그때, 서윤도의 아군이 찾아왔다. 서윤도의 친위 부대 광랑대가 도착한 것이다. 이들은 절곤, 봉, 창을 들고 자객들을 상대하기 시작했다.

장내에 있던 자객들의 수가 급격하게 줄어들었다.

신은 한 사내의 등에 기댄 채 무미건조한 어조로 말했다.

"주인이 위협에 처하면 째깍 튀어와야 하는 거 아니냐."

애꾸눈 사내가 화답했다.

"고작 이 정도로 죽으면 우리 주군 천하의 서윤도가 아니지."

신의 입가에 피식하는 미소가 맺혔다.

"……그것도 그렇군."

신은 이들과 힘을 합쳐 자객들을 해치우다, 마지막으로 남게 된 자객을 벰으로써 싸움을 종결시켰다.

신은 검 끝을 바닥에 질질 끄며 휘황찬란한 만월을 올려다보았다.

"달빛이 시리군."

온몸이 피로 물든 한 마리의 야수. 화월의 눈에는 그 모습이 잔혹하리만치 아름답게 보였다.

그녀는 서윤도가 지닌 이율배반적인 매력에 반했다. 머

12

리로는 연모해서 안 될 사람인 걸 알고 있었으나, 마음이
란 건 뜻대로 되는 것이 아니었다. 그녀의 가슴은 뛰고 있
었다.

이때, 신이 대청마루 밑에 숨어있는 화월, 남혜정과 시
선이 마주쳤다. 두 사람 사이로 아무 말이 없었다. 정적이
흘렀다. 이때, 신은 달빛처럼 시린 웃음을 지으며 집게손
가락을 입술에 가져다 댔다. 자신과의 약속을 반드시 지
키라는 무언의 행동이었다.

사람들이 숨을 죽였다.

대본에도 없는 애드립, 신이 즉흥 연기를 펼친 것이다.
나쁘지 않았다. 정말로 좋았다. 서윤도라면 했을 법한 행
동 같았다.

한편, 신과 마주하고 있는 남혜정은 숨이 아래에서 턱
막히는 것을 느꼈다. 서윤도라는 인물은 한낱 기생인 그
녀가 감당할 수 있는 인물이 아니었기에.

그러던 이때 서윤도는 부하로부터 한 보고를 받았다.

"누군가가 화란 공주의 목숨을 노렸습니다."

이 소식에 서윤도는 그의 아비가 화란공주를 공격한 것
임을 직감한다.

"앞으로 이 화국에 재밌는 일이 벌어질 게 분명해. 이
서윤도의 목을 노린 것을 보면 말이지."

화국의 모든 것을 쥐고 있는 실세의 가문 서가 그리고

이런 서가에 맞서는 의문의 세력.

서윤도는 이 두 세력이 언젠가는 충돌할 것임을 거의 확정하고 있었다.

"곧, 전란의 '소용돌이'가 다가오겠구나."

이 대사를 끝으로 오민석 PD가 외쳤다.

"컷!"

신이 우렁차게 외치며 고개를 땅에 닿을 정도로 인사했다.

"선배님들 고생많으셨습니다. 스태프님들 고생많으셨어요!"

"너도 수고 많았어."

"수고 많으셨어요."

이때, 오민석 PD가 박수를 짝짝 치며 말했다.

"자, 다들 수고하셨고 이제 해산합시다."

이날의 촬영은 이렇게 마무리되었다.

신은 의상을 갈아입은 다음 오 PD의 차를 타고 집으로 이동하기로 했다. 신의 집이 방송국 작업실 가는 길에 있어 크게 무리가 될 건 없었다.

신은 자동차에 타자마자 잠에 곯아떨어졌다.

'녀석.'

오민석 PD는 신에게 서윤도 역을 맡긴 게 정말 신의 한 수라고 생각했다.

'고맙다.'

오 PD는 신이 행여나 깰까 싶어 조심히 운전했다. 신을 집에 데려다준 그는 촬영, 음향 감독들과 스태프 등을 만나기로 했다. 촬영이 끝났어도 그의 하루는 이제 시작이었다.

그들과 열띠게 토론하는 주된 내용은 어떤 음악을 깔고 극적인 효과를 최대한 살릴 수 있을까 하는 건 물론 어떻게 해야 각 인물을 잘 살려낼 수 있을까 하는 방향이었다.

오민석 PD는 이 모든 걸 능숙하게 지휘했다.

자를 건 과감히 자르고, 더할 건 더하는 등 작품에 생명력을 불어넣기 시작했다.

모두의 힘이 합쳐지면서 바람의 공주는 명작 반열에 가까워지고 있었다.

한편, 투자사가 촬영일정을 앞당기기를 요구했다. NBC에서 움직이는 게 심상치 않다는 은밀한 첩보를 받은 것이다.

이에, 제작진도 위기의식을 느끼고 투자사의 요구에 맞추기로 했다. NBC의 태양의 군주 쪽에서 먼저 큰 한 방을 터뜨린다면 세간의 이목은 태양의 군주에 크게 쏠릴 게 틀림없었으니까.

PR의 시대에서 PR에 실패하는 건 있을 수 없는 일이었다. 또, 이 싸움은 명예와 자존심도 달린 싸움이었으니

양보란 있을 수 없었다. 무조건 이겨야 했다.

트레일러로 찍을 액션 장면의 촬영일정이 앞으로 당겨졌다.

☆　★　☆

신은 누운 자리에서 일어나려고 했으나 몸이 일어날 수 없다는 걸 알아차렸다.

'으, 추워.'

오한이 단순한 오한이 아니었다.

뼛속까지 시렸다.

머리도 아픈 게 머리에 열이 있는 듯했다.

'이거 감기몸살에 걸렸나.'

훈련과 촬영일정을 병행하는 게 빠듯하긴 했으나 소화하는 데 무리는 없었다.

'요새 긴장을 놓은 것도 있지만. 몸이 한순간에 이렇게 되다니.'

요 며칠 새 감기 기운이 있어 신은 충분한 휴식을 취해주고 비타민을 복용하기도 하는 등 체력에 신경 썼다.

'어제 약이라도 먹고 잘 걸 그랬나…….'

그래도 신은 토요일이라 다행이라고 생각했다.

학교에 가지 않아도 되니까.

'오늘 휴일이니 푹 쉬자.'

그러던 그때 핸드폰 진동이 윙윙 울렸다.

신은 이불을 꽁꽁 뒤집어쓴 채로 핸드폰을 집어 들었다.

'수연 누나잖아.'

신은 통화 버튼을 누르며 말했다.

"어, 누나."

"일찍 일어났네. 촬영 늦기 전에 밥 챙겨 먹고 가. 알겠지? 누나 학교 가야 해서 밥 못 챙겨주니까."

신은 아차 싶어 달력을 바라보았다. 촬영이 있는 날이었다. 두통이 심해 잠시 잊고 말았다. 신은 중얼거렸다. 최악이네. 그리고 신은 미간을 좁히며 말했다.

"이제 씻고 가려고."

"그럼 열심히 해. 누나는 항상 너 응원하니까."

"응, 고마워."

신은 잘 움직이지 않는 몸을 이끌고 움직이기 시작했다. 한데, 머리가 너무 어질어질했다. 걸음을 내디딜 때마다 발이 땅을 밟고 이동하는 것인지 땅이 발을 밀어내는 것인지 모를 지경이었다.

신은 체온계를 귀에 밀어 넣어 체온을 재보기로 했다. 신은 저도 모르게 욕지거리를 내뱉었다.

"미친······."

체온계가 가리키는 체온은 38도였다.

다시 재어봐도 똑같았다.

그때, 신은 속이 메스꺼운 걸 느꼈다. 속에서 무언가가 올라왔다.

"욱……!"

신은 손으로 입을 가리고 화장실로 달려갔다. 그리고 변기통에 속을 게워내기 시작했다.

"우웩……!"

아침이라 먹은 것도 없어 올라오는 건 신물에 불과했다.

신은 목이 따가운 걸 느끼며 변기 물을 내렸다.

'몸이 너무 안 좋아.'

몸이 안 좋으면 쉬면 그만이겠지만 이게 이렇게 간단히 결정 날 문제가 아니었다.

'오늘 촬영 펑크내서는 안 되는 촬영인데.'

신은 세상이란 게 과정이 아닌 결과, 즉, 실적에 의해 돌아가는 것쯤은 알고 있었다. 또, 아무리 수백 번을 잘해도 한 번의 실수로 결과를 망쳐버리면 이 모든 과정이 수포가 된다는 것도 알고 있었다.

그리고 신도 귀가 있었다. 촬영장에 있다 보면 각종 소식을 듣기 싫어도 듣게 되어 있었다. 태양의 군주가 어쩌고저쩌고, 서효원이 어쩌고저쩌고.

어쨌건 신은 오늘 있을 촬영이 제작진은 물론 모든 배우가 사활을 건 촬영이라는 걸 알고 있었다.

'무엇보다……'

오늘 있을 촬영에 신은 무조건 참가해야 했다.

신은 가장 중요한 주축 중 하나 였으니까.

'이 중요할 때 자기 관리를 못 하다니 내 책임이야.'

배우로서 몸을 잘 관리하지 못한 건 전적으로 신의 책임이었다.

한편, 신은 거울에 있는 핼쑥한 얼굴을 노려보았다.

'주위에서 잘한다 잘한다 하고 띄워주니까 네가 뭐가 된 줄 안 거지, 강신? 그러니 거만해진 거지? 그렇지?'

신은 톱스타도 아니다. 그렇다고 여러 작품에 나온 인지도가 있는 배우도 아니다. 이런 신인 배우가 모두가 촉각을 기울이는 중요한 촬영에서 '나 몸 아파서 쉬어야겠어요.'라고 말하면 어떻게 될까.

이해? 이해는 하려고 할테다. 하나, 실망할 테다. 틀림없었다. 그리고 그들은 누구보다 무섭게 돌아설 테다. 신에 대한 거는 기대가 큰 만큼 정말로 크게 실망할 테니까.

신은 이러한 것들이 두려웠고, 무서웠다.

'난……'

오민석 PD, 스태프 그리고 배우들이 신을 무척 신뢰하고 큰 기대를 걸고 있다는 걸, 신은 알고 있었다. 바보 아닌 이상에야 모를 리 없었다. 그러니 아프다고, 쉬고 싶다고 더더욱 말을 할 수 없었다. 모두가 고생하고 있으니까.

'해내야 해.'

사람들이 신에게 거는 기대와 신뢰, 이 짐이 오늘따라 신의 어깨를 무겁게 짓누르고 있었다.

'강신, 해낼 수 있을 거야. 오늘 하루만 참자. 아무렇지 않게 너 해낼 수 있을 거야.'

신은 얼굴을 씻고 얼굴 톤을 살짝 다듬기로 했다. 그리고 아스피린 통을 챙겨가기로 했다. 열이 심하게 나면 아스피린을 먹어 열을 떨어트릴 생각이었다.

그리고 신은 우진의 벤을 타고 촬영장으로 이동했다.

아프지 않은 척 연기하면서.

☆　★　☆

고풍스러운 궁 주위에 못이 펼쳐져 있었는데, 물 위로 수련이 둥둥 떠다니는 게 인상적이었다.

이 궁은 수련 꽃이 만개하면 사방팔방이 수련꽃으로 뒤덮인다고 하여 수련궁이라 불리는 궁이었다.

한편, 신은 주예리와 함께 주위의 풍경을 감상할 수 있도록 못 한가운데에 세워진 팔각정 위에 서 있었다.

서로를 마주 보는 두 사람의 분위기는 주변의 고즈넉한 분위기와는 이질적이었다. 어딘가 애틋하기도 한데 날카로운 긴장이 맴돌고 있어서다.

"나는 적어도 그리 생각했다."

신은 뒤돌아선 주예리에게 다가가 그녀의 얼굴을 다정스럽게 쓰다듬기 시작했다.

'손이 왜 이렇게 얼음장처럼 차갑지.'

손이 너무 차가워 하마터면 몸을 움찔 떨거나 표정에 변화가 생길 뻔했다. 단호한 화란 공주의 모습을 보여줘야 하기에 어떤 변화가 일어나서도 안 되었다.

주예리는 연기 판을 오랫동안 전전한 베테랑, 그녀는 표정 하나 바꾸지 않았다.

그리고 신은 주예리의 허리를 안으며 다정한 말을 속삭이려고 하자 그녀는 신의 손길을 뿌리치고는, 뒤돌아서서 신을 노려보았다.

"네 아버지가 나를 죽이려고 했다!"

"나의 아버지가 너에게 무슨 짓을 저지른 것인지 안다! 하지만 말이다. 우리가 그동안 쌓아온 추억은 거짓이었느냐. 난 너에게 아무것도 아니었느냐는 말이다!"

신은 그녀의 두 팔을 붙잡으며 그녀의 눈동자를 강렬하게 바라보았다.

"란이야, 난 잊지 못한다. 그 언덕에서 한 약속을 말이다!"

이때, 그녀의 눈동자가 흔들거렸다. 서윤도의 강렬한 호소에 화란 공주가 옛 추억이 잠시 떠오르는 걸 연기로 나타낸 것이었다. 참으로 섬세한 표현이었다.

"그런데 네가. 네가 떠나가버린다면 나는 어떻게 해야 하는 것이냐! 너를 잊으란 말이냐."

신은 그녀가 서윤도의 제안을 거절하리라는 걸 알고 있었다. 그러나 극중의 서윤도는 그녀가 그의 제안을 받아들일 것이라고 강렬하게 믿고 있었다. 신은 강렬한 마음을 담아 더더욱 열정적으로 외쳐댔다.

"내 너를 어떻게 잊을 수 있겠느냐!"

신은 미간을 좁히고는 답답하다는 말투로 말했다.

"나는…… 나는…… 여태껏 너만을 바라보았다. 이 서윤도가! 너 하나만을 계속해서 바라봤단 말이다!"

두 사람의 거리는 서로의 뜨거운 숨결을 지척에서 느낄 수 있을 정도로 가까웠다.

그러나 이 두 사람은 이걸 의식하지 못했다. 상황에 완전히 몰입한 것이다.

한편, 그녀가 안타깝다는 표정으로 서윤도를 바라보았다.

그녀는 철혈의 여왕이 되리라 마음먹었으나 한편으로 누군가에게 정말 기대고 싶었고. 어리광도 부리고 싶었다.

더군다나 정인의 열렬한 고백이라면 모질게 먹은 마음이란 게 흔들릴 수밖에 없었다. 그녀는 왕이기 이전에 한낱 여인이었다. 사실 그녀 입장으로서도 여기서 눈을 딱

감으면 서윤도와 행복하게 살지도 모른다.

그러나 그녀는 입술을 꾹 깨물며 말했다.

"서윤도, 이제 돌아가거라."

신은 주예리의 눈동자를 바라보며 깨달았다.

아, 이 여자는 마음을 단단히 잠갔구나 하고.

"하하하. 너는 나를 사랑하지 않는구나. 나를 이제 사랑하지 않아. 왜냐, 왜냐…… 어째서냐. 난 너에게 내 모든 걸 바쳤는데……!"

서로의 눈동자를 바라보는 시선은 정말로 뜨거웠다. 두 사람 모두가 서로의 눈동자에 깊이 빨려들 것만 같다는 걸 느꼈다. 착각이 아니었다.

누군가가 지금 이 두 사람을 본다면 사랑에 빠진 연인들이라고 생각할 테다. 이런 생각이 들 정도만큼 두 사람의 연기궁합은 호흡 면에서 정말로 완벽했다. 이른바 케미가 통한다고 해야 할까.

"너조차 이런 내가 우스워 보이는 모양이구나. 내가 너에게 모자랐더냐! 나는 나는……! 사랑으로 이 모든 것을 극복할 줄 알았다!"

사과받아야 할 사람은 화란공주다.

서윤도가 이렇게 적반하장으로 나오자 서윤도에 대한 화란공주의 마음은 빠르게 식었다. 서윤도를 바라보는 그녀의 눈빛도 싸늘하게 식었다.

"후회하게 해주겠다."

신은 낮게 울부짖으며 확연한 존재감을 내뿜어댔다. 공간을 장악하는 힘이라고 해야 할까. 일종의 카리스마에 가까웠다.

한편, 신의 눈동자에 기이한 광기가 일렁이고 있었는데, 감정 투사가 강렬해서 스크린으로 바라보는 사람들이 주눅이 들 정도였다.

신의 눈빛과 마주 보는 주예리는 기세에서 밀린다는 걸 느꼈다.

'웃……!'

질 수 없었다.

그녀는 눈빛 하나도 변하지 않은 차가운 얼굴로 신을 똑똑히 응시하는 데, 주예리의 표정이 어찌나 서늘한지 주위의 분위기가 싸늘하게 가라앉을 정도였다.

두 사람이 보이는 신경전은 불과 물의 대결과도 같았다.

이때, 신이 그녀를 향해 경고했다.

"네 마음을 찢고 또 찢어서 엉망으로 만들 것이다! 네가 아파서 죽고 싶을 정도로……."

"참으로 지독하구나. 뭐 때문에…… 도대체 뭐 때문에 나한테 이러는 것이냐."

그녀의 무미건조한 말에 신이 되물었다.

"내가 왜 이러느냐고?"

정적이 내리 앉는 속에서 신이 대사를 말했다.

"가지지 못하면 부숴버리고 싶거든."

신의 입가에 맺힌 시린 미소와 마주한 주예리는 숨을 멈췄다. 멈출 수밖에 없었다. 마성이 어린 미소에는 사람을 홀리는 매력이 있으니까. 이는, 인간으로서 항거할 수 없는 악마의 미소였다.

이로써 화란공주는 서윤도가 어떤 사람인지 깨닫게 되었다. 그녀에게 언제라도 이빨을 들이 내밀 수 있는 잔혹한 이리라는 것을 말이다.

그리고 신은 서서히 뒤돌아섰다. 주예리는 신의 등을 하염없이 바라보다 떨어지지도 않는 입술을 억지로 떼어냈다.

"넌……."

그리고 다음의 대사를 가까스로 내뱉었다.

"도대체 누구냐."

"컷!"

신은 장면 촬영이 끝나자 안도의 한숨을 내쉬었다.

'후우……'

촬영이 끝나서라기보다 사람들 모두를 이번에도 감쪽같이 속였다는 것에 다행이라는 생각이 먼저 들었다.

'이제 대망의 장면만 잘 촬영하면 돼.'

촬영장으로 이동하는 길에 쉴 엄두를 내지도 못했다. 쉬다가는 그대로 뻗어버릴 거 같아서였다. 덕분에 정신이 혼미해지는 경우가 왕왕 있었으나 신은 불굴의 의지로 의식의 끈을 붙잡고 있었다.

하나, 연기란 게 체력과 정신력을 소모하는 일이었다. 여기에 신은 연기에 몰두하고 집중을 함으로써 아픈 걸 감쪽같이 숨겨야 하니 평소에 기울이는 힘보다 더 많은 힘을 쏟아부어야 했다. 때문에, 신의 상태는 급속도로 안 좋아지고 있었다.

현실적으로 봤을 때 계속해서 버틸 수 있을지 솔직히 회의적이었다.

'할 수 있어. 해낼 수 있어, 강신.'

신은 속으로 수없이 자기암시를 걸며 물통에 있는 물을 마셨다. 그리고 주예리는 물을 마시는 신을 물끄러미 바라보았다.

'왜 이렇게 호흡이 잘 맞지.'

배역에 깊이 몰두하는 건 둘째치고 상대방과 깊은 교감을 나누고 함께 호흡하는 건 그녀로서는 거의 처음으로 해보는 경험이었다.

'내 연기가 살아났어. 정말로 생생했어.'

어느 배우고 간에 연기할 때, 그 순간만큼 배역으로 살아있길 원한다. 그러니까 죽은 인물이 아니라 살아있는 인물로서 살아 숨쉬기를 원한다.

그녀는 신과 대사를 주고받을 때 화란공주라는 인물로서 살아있다는 걸 느꼈다. 그래서 정말 놀랍다고 해야 할까. 솔직히 연기력이 탄탄한 중견 배우와 연기해도 이런 느낌을 받는 거 힘들었다.

그녀는 중얼거렸다. 신들린 배우와 함께 연기하는 게 아니고서야…… 주예리는 피식 웃음을 흘렸다.

'그럼 진짜 연기의 신이기라도 한 건가……?'

자신의 배역을 살려내면서 상대방의 배역도 살려내는 건 그야말로 악마적인 재능이라고 말할 수밖에 없었다.

'근데 난 아무것도 모르고 오해하고 말았으니.'

그녀는 신과의 대화로 통해서 그날 있었던 사건이 그녀의 오해였다는 걸 알 수 있었다. 지금 와서 생각해보자면 참으로 미안한 일이었다. 아무 잘못도 없는 사람에게 잘못했다고 생각하고 있었으니까.

'과거는 과거로 묻어 두고 앞으로 잘 지내면 되지. 이제 누나, 동생하는 사이니까.'

문득 그녀는 신이 외쳤던 대사를 떠올렸다.

– 너 하나만을 계속해서 바라봤단 말이다!

살면서 꼭 들어 보고 싶은 달달한 세레나데.

한 남자에게서 이런 말을 들으면 여자로서 정말로 행복할 테다.

아니, 누군가에게 사랑 받는다는 건 숭고한 행위였다.

사실 고백하자면 주예리가 이 대사를 들을 때 신이 그녀에게 좋아 한다고 말하는 줄 알았다.

'내가 이런 생각이 들 정도로 강렬한 마음을 담아 말한 거지만…….'

솔직히 말해, 그때 가슴이 두근거리며 뛰지 않았다고 하면 거짓말일 테다.

'그래도 신이가 연애 상대로 나쁘지 않잖아. 얼굴도, 성격도 준수하고…….'

다만 마음에 걸리는 건 연하라는 거……?

'이게 무슨 상상이람.'

아무리 그래도 고등학생과 사귄다는 건 참으로 발칙한 상상이었다.

'너 천하의 주예리야. 정신 차려.'

메이크업팀에게 메이크업을 받던 주예리는 저도 모르게 신을 힐긋 바라 보았다. 신을 의식하게 되니 신이 신경 쓰이기 시작한 것이다. 그러다 그녀는 신에게서 이상한 점을 발견했다.

'뭐야, 저 녀석…… 물이나 이온음료를 계속해서 마시잖아?'

그러고 보니 안색도 안 좋은 거 같았다.

그녀는 설마 하는 생각이 들었다.

'저 녀석 아픈 거야?'

그녀는 일단 가만히 지켜보기로 했다. 이 문제는 신중히 다가갈 필요가 있다고 생각한 것이다.

시간이 흐른 후, 점심을 먹을 때였다.

주예리는 신이 밥도 먹지 않고 배우 대기실로 아무도 모르게 들어가는 걸 바라보았다.

이에, 확신할 수 있었다.

'역시……. 쟤 아픈 거야.'

그녀는 신을 따라 들어가기로 했다.

아니나 다를까.

신은 완전히 축 늘어진 채로 호흡을 거칠게 내쉬고 있었다.

그녀는 대기실에 아무도 들어오지 못하게 문부터 재빨리 잠갔다.

"너 아픈 거지?"

신은 주예리의 등장에 자리에서 화들짝 일어났다.

"아, 아니에요."

"아니기는!"

주예리는 신의 손을 뿌리치고는 신의 이마에 손을 댔다.

열이 펄펄 끓는 게 불덩이 같았다.

"너…… 언제부터 이랬어."

신은 아무 말도 하지 않았다.

"너 우진이 오빠 벤타고 올 때부터 이랬지?"

"아니에요."

"아니긴 뭐가 아니야!"

그녀는 정말로 화가 났다.

왜 화가 나는지 그녀 스스로 알 수 없었다.

혼자서 끙끙 앓고 해결하려는 게 그녀의 과거 모습이 보여서 그런 걸지도 모른다고 그녀는 생각했다.

'그래, 이거 뿐이야. 얘가 아파서 그냥 걱정된 거야.'

그녀는 마음 속으로 확실한 선을 그으며 말했다.

"병원 가자. 이대로 촬영 못 해."

"누나…… 괜찮아요. 저…… 할 수 있어요. 저 해야 해요."

"아냐, 못 해. 오 PD님에게 말할게. 촬영일정 다시 잡자."

그녀도 이렇게 말하는 게 웃기다는 걸 알고 있었다.

촬영일정 다시 잡는 건 말처럼 쉬운 일이 아니었으니까.

"……저 이미 무리했어요. 뻗으면 며칠 뻗을지 몰라요."

신은 거친 숨을 내뱉지만, 눈빛만은 살아 있었다. 눈동자에서 언뜻 보이는 집념과 독기는 섬뜩할 정도였다.

'너 연기에 정말 미쳤구나.'

그녀는 폰을 꺼내 119를 누르려다가 신을 바라보았다. 신은 제발 그러지 말라는 표정으로 바라보고 있었다. 그녀는 잠시 망설이다 속으로 깊은 한숨을 내쉬었다.

'하아…… 그렇게 바라보면 도와줄 수밖에 없잖아.'

주예리는 입술을 깨물었다.

"우진 오빠라도 부를게. 너 아픈 거 우리 셋만 알기로 하는 거야."

잠시 후, 우진은 주예리의 부름에 대기실에 들어오게 되었고, 신이 어떤 상탠지 알게 되었다.

화는 나지 않았다. 그저 이걸 어떻게 해야 해결하나 막막한 마음이 들 뿐이었다.

이때, 주예리가 말했다.

"고민할 거 없어. 이대로 촬영 가야지."

"이대로 가자고?"

"그래야지."

"말도 안 돼. 애가 이렇게 아프잖아."

이 정도의 몸 상태로 촬영한다는 건 현실적으로 생각해 봤을 때 불가능에 가까운 일이다. 아니, 현실적인 가능성은 둘째치고 촬영을 한다는 건 몸에 상당한 무리 갈 게 틀림없었다. 솔직히 신이 여기까지 온 것만 해도 상당히 선전한 것이었다.

"그럼 애 병원 데리고 가면 어떻게 할 건데. 오늘 투입된 스태프들 모조리 철수해야 하는데? 투자사들 난리 날 걸?"

몇 시간 후 촬영할 장면에 드라마의 흥망성쇠가 달려 있다고 해도 과언이 아니었다.

"대역 배우 불러서 신이 나오는 부분 찍어야지."

"진심으로 하는 말 아니지? 여태 손발 맞춘 게 있는데 그렇게 간단히 말할 문제가 아니잖아. 사투 장면은 어떻게 할 건데. 나중에 둘이 얼굴까지 드러내놓고 이판사판 붙기까지 하잖아."

그녀의 말대로 이래도 문제고 저래도 문제다.

'지금의 상황 총체적 난국이군.'

신은 어질어질한 두통에 미간을 좁히며, 관자놀이 쪽을 꾹꾹 눌렀다.

"죄송해요. 아프지만 않았어도…….."

"미안할 거 없어. 일이 이렇게 된 거 어쩌겠어."

아픈 사람을 붙잡고 네가 잘못했다고 책임의 소재를 캐묻기보다 이 난관을 어떻게 해야 헤쳐나갈지 고민하는 게 더 생산적이었다.

우진은 신을 바라보며 말했다.

"그보다 난 네가 아픈 줄도 몰랐다, 진짜. 연기로 사람들을 감쪽같이 속일 생각 하다니…….."

"……칭찬이네요."

"아니, 욕이니까 욕찬이지."

주예리의 말에 신은 미소를 슬며시 지었다. 아까 먹었

던 아스피린의 효과가 나타난 것인지 신의 표정이 이전보다 한결 나아 보였다. 그러나, 이는 불길을 잠시 줄여놓는 것에 불과했다. 임시해결책인 것이다.

"저 할 수 있어요. 대사도 다 외우고 있고 동작도 제대로 할 수 있어요. 저 믿어 주세요."

체력이 받쳐주지 않는 이상 약 기운으로 열을 계속해서 억누르는 것도 한계가 있다. 체력이 고갈되어 기진맥진한 상태에서 고열에 시달리기라도 하면 신은 틀림없이 기절하고 말 테다. 솔직히 말해 지금 이 상황에서 신을 믿는다는 건 도박이자 미친 짓이었다.

우진은 복잡한 심경으로 신을 바라보았다.

책임감 때문에 저런 말을 하는 게 안타깝기도 하고 뻔히 몸이 탈 날 줄 알면서 제 의지를 굽히지 않으려고 하는 게 미련하게 보이기도 했다.

'미쳤어.'

우진은 신이 참으로 멋들어지게 미쳐버린 놈이라는 생각도 들면서 형언할 수 없는 기분에 휩싸였다. 이 느낌의 정체가 무엇인지 알 수가 없다.

'해낼 수 있을까.'

이성적인 판단으로는 말도 안 되는 생각이지만 마음속으로는 신이 해낼 수 있지 않을까 하는 기대가 들었다. 다른 사람이라면 이런 기대조차 들지 않을 테다.

'하지만 이 녀석은 그 누구보다 뛰어난 연기 재능을 지닌 천재니까.'

천재라면, 정말 눈부신 재능을 지닌 존재라면, 범인과 다른 세상에서 사는 존재라면 이 역경을 헤쳐나갈 수 있지 않을까 하는 생각이 아니, 확신이 들었다.

우진은 이 천재가 그 역경을 뛰어넘는다면, 날개를 펼쳐 비상한다면 그 옆에서 화려한 날갯짓을 바라보는 것도 나쁘지 않겠다 싶었다.

이는, 지극히도 주관적이고 막연한 기대감이 범벅인 생각에 불과했으나 우진은 신을 한번 믿어보기로 했다.

'한번 기대해 보마.'

우진은 고개를 끄덕이며 말했다.

"알겠어, 네가 하고 싶은 대로 해보자"

"역시 형이 최고네요."

"이로써 우린 한배를 타게 된 동지가 된 거네?"

주예리와 강우진의 시선이 부딪혔다.

'알지? 우린 두 사람이 쟤 도와줘야 하는 거?'

우진은 알겠다는 듯 눈을 깜빡했다.

'그래.'

몇 시간 후 세 사람 모두가 촬영하게 될 내용은 '국경지대에서의 전투'였다.

이 전투를 왜 치러야 하는지 이야기를 하려면 서윤도

때문에 수정된 줄거리를 잠시 언급해야 한다.

어느 날, 서윤도는 서가에 맞서는 비밀 조직이 단순히 서가에 맞서는 조직이 아닌 화국을 전복하는 세력임을 알게 된다.

한데, 이 조직이 화란 공주를 노린다는 거까지 알게 된 서윤도는 화란 공주의 목숨을 놈들 따위에 양보하기 싫어 그녀와 약혼을 올리기로 한다.

한편, 화란 공주는 서윤도가 그녀의 삶을 파괴하려고 하는 줄 생각하고 어릴 적 친분이 있는 연호랑에게 도움을 청한다.

그리고 결혼식 날, 시녀가 화란 공주 대신 결혼식에 참석하고, 화란 공주는 궁에서 잠시 벗어나기로 한다.

한편, 비밀 조직은 화란 공주를 쫓기 시작하고, 그녀가 궁에 없다는 걸 뒤늦게 알아차린 서윤도는 그녀를 뒤쫓기 시작하는데, 화란 공주는 이 비밀 조직에 둘러싸여 위기에 봉착하게 된다.

그러던 이때 연호랑이 나타나 그녀를 도와준다. 서윤도는 두 사람이 함께 있는 걸 보게 되는데 화란공주가 연호랑을 다정하게 대하는 걸 보고 극심한 질투심에 휩싸인다.

한편, 서윤도는 연호랑이 이곳에 나타난 게 모종의 이유가 있을 것으로 생각하며 연호랑이 비밀 조직의 뒤에서 있다고 강렬히 확신한다.

　서로에 대한 오해와 엇갈림으로 두 사내는 운명적인 충돌을 하기 시작한다. 한 여인을 두고서 말이다.

　이 두 사람이 부딪히는 장면은 두 사람만 부딪히는 게 아닌 서로의 군세가 대립하는 것이기도 해서 무려 15분이나 되는 긴 장면이었다.

　말이 15분이지 제대로 된 그림을 그려내기 위해서는, 꽤 긴 시간 동안 찍어야 할지도 몰랐다.

　그리고.

　오후 다섯 시가 되자 날이 서서히 저물었다.

　스태프들은 준비를 거의 끝마쳤고, 촬영장소로 이동했다.

　신은 말 위에 타고 이동하고 있었다.

　체력을 조금이라도 더 아끼기 위해서였다.

　한데, 신은 말 위에 타고 있다는 느낌이 없었다. 감각이 무뎌지기 시작한 것이다.

　몸이 천근만근처럼 무거웠다. 당장에라도 드러눕고 싶었고, 눈을 감고 싶었다.

　하나, 신은 정신을 잃지 않기 위해 안간힘을 다 썼다.

　이제 마지막 고비에 다다랐는데 여기서 포기할 수 없었다. 발을 조금만 더 뻗으면 된다. 조금만 더.

　그러나 신의 몸은 신의 생각을 따라줄 생각이 없는 것

인지 약 기운으로 계속해서 눌러왔던 열기가 슬금슬금 기어 올라오기 시작했다.

그러자 뾰족한 바늘 수천 개가 몸을 쿡쿡 쑤시는 듯한 고통이 몸 전체를 엄습해왔다.

이때, 신은 숨을 쉴 수 없었다. 숨이 턱 막힌 것이다.

신의 신형이 말 위에서 휘청거리려고 하자 우진이 옆에서 신을 잡아주었다. 천만다행이었다. 낙마할 뻔했다. 주예리가 이들 옆에서 사람들 시선을 가려주는 사이 우진이 아스피린을 신에게 먹여주었다.

잠시 후, 신은 숨을 고르게 내쉴 수 있었다.

"후우……."

신은 빙긋 웃으며 말했다.

"이제 괜찮네요."

말과는 달리 괜찮지 않았다.

약 효과로 몸이 나아지는 건가 싶더니 이전처럼 나아지지도 않았다.

신은 애써 괜찮은 척 연기하며 말을 몰았다.

우진은 신의 뒤를 걱정스러운 눈빛을 바라보며 중얼거렸다.

'정말 미치겠군.'

정작 신 본인이 가장 힘들겠지만 보는 사람의 속도 타들어 갈 지경이다.

솔직히 말려야 했다.

그러나 우진은 신을 말릴 수 없었다.

목표하는 바를 반드시 해내겠다는 저 고집스러운 집념과 독기. 저 의지를 어떻게 꺾을 수 있단 말인가. 억지로 그 의지를 꺾을 수 있다 한들 우진은 감히 그럴 권한은 지니고 있지 않았다.

'후우……'

우진은 속으로 답답한 한숨을 내쉬고는, 신의 상태를 지켜보다 이상하다 싶으면 곧장 신을 병원으로 데려가리라 마음먹었다.

'이게 내가 할 수 있는 최선이지.'

잠시 후, 촬영장에 모든 사람이 모였고, 오 PD가 리허설을 하기 시작했다. 신은 정신을 집중하여 그 내용을 머릿속에 꾸역꾸역 다 집어넣을 수 있었다.

그리고 신은 우진과 주예리와 떨어지게 되었다. 세 사람이 같은 곳에서 만나지만, 출발점이 다르다 보니 이렇게 떨어지게 된 것이다.

두 사람은 신이 걱정된다는 눈빛으로 바라보았으나 신은 괜찮다고 웃을 뿐이었다.

잠시 후, 신은 촬영이 시작되는 장소에 서서 눈을 감고 호흡을 가다듬었다.

'할 수 있어. 넌 할 수 있어.'

열이 또 오르자 신은 아스피린을 또 먹었다.

이제 별다른 효과를 느낄 수 없었다. 몸에 약발이 듣지 않는 것인지 약발은 듣는 데 신이 못 느끼는 것인지, 이 둘 중 뭐가 됐건 신은 이제 한계에 다다랐다.

'한 번에 끝내자.'

곧이어, 촬영이 시작되었다.

"액션!"

이 단어는 신에게 신이 처한 상황을 잊게 해주고 배역에 몰입하게 해주는 마법의 단어였다. 신은 화란공주를 뒤쫓다 비밀 세력과 마주치게 된 서윤도를 연기하기 시작했다.

검은 옷을 입은 사람들을 바라보는 신의 입가에 비릿한 미소가 맺혔다.

"네놈들은 상대를 잘못 건드렸다."

그리고 신은 무려 열 명이나 되는 비밀 세력의 일원들에게 검을 휘둘렀다.

"큭……!"

검을 휘두르는 감각은 없었다. 손과 팔에 감각이 없었다. 몸이 절로 익힌 동작들을 재현하는 것이었다.

신의 액션을 바라보는 사람들은 신이 아프다고 생각하지 못했다. 신의 연기는 정말 훌륭했으니까.

신은 그들을 하나하나 상대해 나가며 숲 안으로 들어

갔다. 이 길이 저 길 같고 저 길이 이 길 같지만 길을 헤맬리가 없었다.

곳곳에 널브러진 인형 시체가 어디로 가야 하는지를 알려주고 있었으니까.

신은 이 이정표를 지침으로 움직였고, 중앙에 도착했다. 촬영진은 레일 카메라로 신의 모습과 움직임을 담아내고 있었다.

한편, 중앙에는 예리와 우진이 다정하게 서 있었는데 신은 호흡을 헐떡이며 이들을 바라보았다.

그러던 그때, 귀에서 백색소음이 울렸다.

삐이이이이이이.

신은 미간을 좁혔다.

그러던 이때, 심장이 거칠게 뛰기 시작했다. 그러자 주위는 적막감에 휩싸였다. 신은 아무것도 들을 수 없었다.

한편, 눈앞이 흐릿하게 보이고 모든 게 느리게 흘러가기 시작했다.

주예리가 무어라고 말하는 거 같은데 들리지 않았다. 그녀의 입이 천천히 움직였다. 이에, 신은 말하고 싶었다. '누나 도대체 뭐라고 말하는 거예요?' 라고.

그러나 입술을 뗄 수 없었다. 입술이 떨어지지 않았다. 그러던 이때, 신의 동공이 텅 비워졌다. 몸에 감각이 없었다. 몸이 제 것과 같지 않았다. 영혼과 몸이 분리된 거 같앉다. 몸이 서 있는 거 같지 않았다. 하늘과 땅이 뒤바뀐 거 같았다.

바닥에 눕고 싶었다. 눈을 감고 싶었다. 포기하고 싶었다. 여기서 타협하면, 대충하기로 하면 신은 편해질 수 있는 게 분명했다.

신은 중얼거렸다.

누구 마음대로?

난 포기할 생각 없는데.

신은 아득해지는 정신을 붙잡기 위해 입술을 꽉 깨물었다. 입술에서 피가 주르륵 흘러내렸다.

감각이 조금 돌아왔다.

의식이 조금 돌았다.

신은 속으로 웃었다.

자, 아직 할 수 있잖아.

그런데 왜 포기하려고 한 거야?

너 참으로 멍청하다니까.

신은 저도 모르게 실소를 흘렸다.

이 미소는 신의 어리석음을 한탄하는 미소지만 사람들의 눈에는 우진과 예리, 이 두 사람을 향해 날리는 한편 서윤도 저 스스로에 날리는 듯한 비웃음처럼 보였다. 뭔가 모를 애석한 한탄도 뒤섞여 있다고 해야 할까.

신은 강렬한 의자가 담긴 눈동자로 우진을 노려보며

검을 겨눴다.

"두 연놈이 아주 잘 놀아나고 있구나."

신의 대사에는 모든 것을 쥐어짜 내겠다는 투지가 깃들어 있었다.

ACT 9.
신들린 연기

ACT 9.

신들린 연기

살아남은 비밀 세력의 잔당이 화살촉에 불을 붙이고는, 불화살을 곳곳에 쏘기 시작했다.

화살은 공기를 가르며 숲 곳곳에 떨어졌다. 불이 붙었다. 이들은 이곳에 있는 모든 이를 불에 태워 죽이기로 작정한 것이다. 이는, 이 세계에 막대한 혼란을 가져오기 위함이었다.

구석에 설치해둔 바람 장치가 돌아가면서 불이 다른 곳으로 옮겨붙기 시작했다.

화르르르!

지금 제작진이 태우는 나무는 재선충병에 걸린 소나무들이었다. 나무가 재선충병에 걸리면 무조건 말라죽는 데다 주변 나무가 전염되기도 해서 병에 걸린 나무들을 잘라내거나 뽑아야 했다. 즉, 제작진은 이 나무들을 태워도 된다는 산림청 허가를 받고 태우는 것이었다.

지금 이 장면은 습도와 풍향 등 철저한 계산 속에서 이루어지고 있었다. 불에 타오르는 건 숲의 일부이나 큰 화재로 이어질 수도 있기에 소방수들이 미리 대기하기로 했다. 이처럼 지금 상황은 철저한 통제 속에서 이루어지고 있었다.

한편, 숲 전체가 불타는 부분은 그린스크린(*화면을 합성하기 위해 사용되는 녹색의 배경)에서 촬영하고 CG 효과를 입히기로 했다.

곧이어, 나무들이 불길에 서서히 휩싸이더니 시뻘건 화마를 토해내기 시작했다.

화르르르르!

주예리가 검을 겨누고 두 사람을 노려보는 신을 향해 말했다.

"이것은 오해다. 연호랑은 위기에 처한 나를 구해준 것이다!"

주예리가 무어라고 말하는데, 신의 귀는 윙윙 울려대고 있어 무슨 말인지 정확히 알아들을 수 없었다. 이에, 신이 미간을 좁혔다.

'대사를 말해야 하는 부분인데.'

그녀는 혹시 하는 생각이 들었다.

'소리가 잘 안 들리는 건가.'

만약 그런 것이라면 이 난관을 타개할 해결책을 짜내야 했다. 이때 그녀는 좋은 생각을 떠올렸다.

'내 입을 봐.'

"지금 너는 오해하는 것이란 말이다."

그녀는 신이 그녀가 의도하는 바를 알아내 줬으면 싶었다는 염원으로 입을 움직였다.

"난 그저 적들에게 휩쓸린 것이다."

그녀는 속으로 빌었다.

'알아차려, 제발. 신아.'

한편, 신은 조금 전의 대사를 때에 맞게 한 것인지 확신할 수 없었다. 물론 모든 대사를 다 외우고 있기는 했다. 하나, 지금 상황에 대한 확신이 없는 속에서 대사를 내뱉는다는 건 무리수를 감행하는 것이었다.

행여나 서로의 말이 꼬이기라도 한다면 바로 NG가 난다. 그렇기에 신은 대사를 곧바로 내뱉지 않고 두 사람을 바라보았다.

신 또한 어떤 기지를 발휘해야 좋을까 하고 고민했다. 그러던 이때 신의 눈동자에 이채가 서렸다. 방법을 떠올린 것이다!

그 방법이란 바로 입 동작으로 무슨 대사를 내뱉는 것

인지 유추해내는 것이었다.

'해보자.'

한편, 제작진은 스크린으로 세 사람의 연기를 바라보며 말했다.

"오 PD님, 대사가 조금 다르지 않아요?"

대답은 없었다.

지금 대사 문제 따위가 중요한 게 아니었다.

분위기다.

아까 전 신이 그려낸 장면은 정말 굉장해서 아직도 강렬한 여운이 남아 있었다. 덕분에 심장이 벌렁벌렁 뛴다고 해야 할까.

서윤도의 감정이 눈앞에서 생생하게 그려지는 거 같은 정말로 선명한 연기, 오민석은 그 장면을 어떻게 두드러지게 연출할지 생각하느라 정신이 없었다.

그렇게 1초가 흐르고 2초가 흐르고 3초가 흘렀다.

그러던 이때, 오민석 PD는 신이 이상한 게 아닐까 하는 생각이 들기 시작했다.

'설마 어디 이상한 거 아니지? 몸이 아프다거나.'

한데, 이 잠시간의 정적이 존 케이지의 4분 33초처럼 사람들의 집중을 끄는 한편 극의 분위기가 긴장감으로 철철 넘치게끔 하고 있었다.

사람들은 신의 이상한 점을 눈치채지 못했다. 그저 지

금 이 순간이 신이 일부러 의도한 효과라고 생각하고 있었다.

모두가 숨을 죽이고 땀에 찬 주먹을 쥐고 이목을 집중하던 이때, 신이 드디어 입을 열었다.

"오해라……."

그녀가 속으로 쾌재를 불렀다.

'그래! 그렇지!'

"오해하고 있는 건 너다. 아니, 넌 아무것도 몰라. 아무것도. 네 아비가 어떤 사람이었는지도."

주예리는 목소리를 내리깔며 말했다.

"……그게 무슨 말이냐."

신은 그녀의 말에 대답하지 않았다. 대답해줄 가치가 없었다. 그녀에게 주어진 물음은 앞으로 그녀가 해결해야 할 과제였다.

신은 발걸음을 앞으로 내디디며 말했다.

"저놈에게서 떨어지거라!"

그러나 그녀는 신의 말을 따르지 않았다.

신의 눈썹이 꿈틀거렸다.

"비키지 않으면 너 또한 벨 것이다."

이때, 신이 매의 눈으로 주예리를 노려보니, 벨 기세가 공간을 장악했다.

그러나 그녀는 꿋꿋이 신에게 맞서고 있었다.

"지금의 이 선택 분명 후회하게 될 것이야."

그녀를 보는 신의 눈동자는 지극히도 차가웠다.

곧이어, 거친 이리가 날카로운 송곳니를 드러냈다. 신이 그녀를 향해 검을 휘둘렀다.

그러던 이때!

검과 검이 부딪혔다.

챙!

신의 입가에 비릿한 미소가 맺혔다.

"호오."

신은 이제야 우진을 발견한듯한 모양새로 말했다.

"이거 옆 나라의 연호랑 왕자 나으리 아니신가. 꼴을 보아하니 그녀의 호위무사를 자처하는 거 같은데, 남의 정인에게 왜 직접거리는 지 모르겠어. 흑호가 아닌 비루먹은 개가 아닐까 싶은데."

"……무엄하구나."

"흥!"

두 사람은 검을 한 차례를 더 교환하고는 거리를 벌렸다. 그리고 서로를 노려보며 원 형태로 움직이기 시작했고, 이 두 사람을 담아내던 카메라도 덩달아 이동하기 시작했다.

일정한 궤도 속에서 피사체의 진행방향과 같은 방향으로 일정한 간격을 두고 따라가는 트래킹tracking이라는 기법이었다.

두 사람의 움직임이 생동감 있게 렌즈에 담겼다.

그러던 이때 우진은 휘파람을 불어 검은 군마를 불러냈다.

히이이이잉!

우진은 신을 노려보며 주예리에게 말했다.

"여기서 빠져나가거라."

"하지만……."

"어서……!"

그녀는 복잡한 심경이 담긴 눈빛으로 두 사람을 바라보다 투레질을 하는 검은 말에 올라탔다. 익숙한 동작이었다. 곧이어, 그녀가 말을 몰며 장내에서 멀어졌다.

한데, 그녀가 향하는 곳은 연호랑의 군세가 있는 곳이 아닌 화국의 방향이었다. 그녀가 궁으로 돌아가기로 결정을 내린 건 서윤도의 말이 마음에 걸려서다. 이 순간에 그녀는 자신의 운명에 맞서고 개척해내리라 마음을 먹은 것이다.

'이제 휘둘리지 않을 거야.'

기다란 봉에 메달린 카메라가 말을 몰고 달리는 그녀의 모습을 담아냈다.

한편, 신은 히죽히죽 웃으며 말했다.

"이거, 이거 연호랑 나으리가 순정파셨군, 그래. 하지만 난 네 네놈의 실체를 알지. 네놈이 얼마나 잔혹한 가면을 쓰는지 난 알고 있거든."

"무슨 말을 하는지 모르겠군."

그러던 이때, 신이 재빠르게 움직였다. 평소라면 무리 없이 소화해낼 동작이었으나 지금의 몸 상태에서 상당한 무리가 따르는 움직임이었다.

두 사람의 거리가 재빠르게 좁혀지고, 신은 우진을 향해 있는 힘껏 검을 휘둘렀다.

쌔애애액!

공기를 가르는 세찬 소리. 한데, 이 소리가 신의 귀에는 뼈와 근육이 비명을 내지르는 것처럼 들렸다.

우진은 신의 검을 무리 없이 받아냈다.

챙!

검을 받아내는 신의 팔이 후들거렸다.

우진이 눈으로 말했다. 이만 하면 됐잖아. 그만 포기하자, 신아. 신은 입가에 미소를 띄웠다. 그 의미는 '싫어요, 형.'이었다.

"반드시 죽이고 만다, 연호랑!"

신은 뒤로 잠시 물러나며 검의 방향을 바꿨다. 그동안 몸에 익히고 익힌 동작. 신은 유려한 몸동작으로 공격 동작을 펼쳐내며 우진을 공격했다.

이번에 허리!

그러나 공격은 통하지 않았다.

우진이 신의 공격을 막아낸 것이다.

이번에 우진의 반격이 이어졌다.

신은 머리로 날아오는 공격을 가까스로 피했다. 참으로 아슬아슬했다.

"큭……!"

신은 입술을 꽉 깨물고 검을 두 손으로 꼭 잡고 우진을 향해 휘둘렀고, 우진은 이를 막아냈다.

챙!

검과 검이 맞부딪히자 불똥을 퉁겨내며 기괴한 소리를 내뿜어댔다.

끼드드득!

이때, 두 사람은 서로를 노려보는 판국이 되었다. 두 사람의 거리는 서로의 거친 숨결을 느낄 수 있을 정도로 가까웠다.

우진은 신의 눈동자에 독기와 단단한 신념이 서려 있는 걸 바라볼 수 있었다.

'정말로 훌륭한 눈빛이다.'

이 눈동자와 마주한 우진은 아까 느꼈던 형언할 수 없는 기분의 정체가 뭔지 알게 되었다.

그건 '경이'였다.

아니, 전율 그 자체이기도 했다.

그리고 예상을 뛰어넘는 무언가를 보여줄 거란 믿음이
자 기대이기도 했다.

'간혹가다 이런 경우가 있지.'

누가 봐도 이거 해낼 수 없을 거 같은데 혹은 실현 불가
능할 거 같은데 해내는 경우가 말이다.

사람들은 이 경우를 이렇게 부른다.

'기적'이라고.

'기적을 부릴 수 있다면 기적을 부려 봐.'

"반드시 죽이고 만다. 연호랑!"

우진은 이 천재가 보여줄 기적에 흥분감에 도취하기 시
작했다. 심장이 두근거리며 뛰어댔다. 이때, 우진의 입가
에 미소가 맺혔다.

"개가 짖는구나."

"오늘 개에게 물려보던가."

"대화는 여기까지다."

"……쿡!"

곧이어, 두 사람은 동시에 움직이며 격돌하기 시작했
다. 두 사람의 호흡은 척척 맞았다.

신이 검을 휘둘렀다.

이번에도 역시 우진은 그 공격을 막아냈다.

여유로운 동작으로 말이다.

우진은 신이 아프다고 봐주는 건 없었다.

신 또한 우진이 신을 봐주지 않기를 바랐다.

신은 우진을 바라보며 속으로 중얼거렸다.

'이거에요, 형.'

그러던 이때, 신이 쿡 웃으며 말했다.

"이 서윤도가 오늘 강력한 맞수이자 친구를 만났구나!"

우진은 고개를 가로저었다.

"그럴 리가 있나."

그러나 우진의 입가에 맺혀있는 미소는, 연호랑 또한 그렇다는 걸 말해주고 있었다.

두 사람이 싸움이 또다시 이어졌다.

참으로 격렬하면서도 박진감이 넘치는 난투였다.

서로의 숨통을 어떻게든 끊으려는 것에 신경을 써서 그런 것인지 인간의 싸움이라기 보다 짐승들의 싸움 같았다.

서윤도는 한 마리의 이리 같았고 연호랑은 한 마리의 호랑이 같았다.

두 짐승의 싸움은 그만큼 격정적이었고 격렬했다.

그러던 이때, 우진이 검을 휘둘렀고, 신은 그 검에 베였다. 옷깃이 찢어졌다. 신의 의복은 우진이 휘두른 검으로 이미 엉망이 된 상태였다.

여태껏 두 사람의 격렬한 사투를 롱테이크(*1~2분 이상의 쇼트가 컷 없이 계속 진행되는 것)기법으로 담아내던 돌리 카메라의 렌즈가 이번에는 두 사람의 풍부한 표정 연기를 익스트림 클로즈업(인물의 특정한 부위 눈, 코, 입을 화면 가득히 채우는 기법)으로 담아냈다.

"이것도 막아 봐라, 서윤도!"

그러던 이때, 우진의 공격이 시작되었다. 신은 이 공격을 피하려고 했으나 몸은 신의 의지를 따라주지 않았다. 신은 우진의 공격에 맞고 저만치 나가떨어졌다.

"큭……!"

볼썽사납게 땅을 몇 번 데굴데굴 구른 신은 손으로 바닥을 짚어내며 숨을 골라 내쉬었다.

"후우……."

신은 이제 몸을 제어할 수가 없을 거 같았다. 한계다. 이제 한계였다. 움직일 수 없었다. 등에서 느껴지는 둔탁한 통증에 숨을 쉴 수 없을 거 같았다.

그러나 신은 몸속에 남아 있는 힘을 긁어모으고 또 긁어모아 낮게 울부짖었다.

"연호랑……."

체력은 이제 아예 고갈되었다. 일어설 힘도 없었다. 그러나 일어서야 했다. 신은 검을 땅에 박았다. 그리고 검을 지팡이로 삼아 후들거리는 다리로 휘청거리는 몸을 억지로 일으켰다.

"연호라아아아아앙!"

쩌렁쩌렁한 신의 포효가 장내를 울렸다.

사람들은 숨을 죽이며 생각했다. 이 울음이 이리가 내지르는 울음소리 같다고 말이다.

그 소리는 너무 처절했다.

누가 보면 원수를 향해 복수를 다짐하는 듯했다.

"후우…… 후우……."

신은 거친 호흡을 내뱉고 있었고, 식은땀이 이마에서 흘러내리고 있었다. 한데, 이 땀이 얼굴은 물론 목까지 흘러내리고 있었다.

주위가 불이 타는 열기 때문인지, 조명의 열기 때문인지 신은 정수리 부근 쪽이 화끈거리는 걸 느꼈다. 하나, 몸은 이상하게도 아무것도 느끼지 못했다. 더위도, 추위도 어떤 것도 말이다.

한편, 신을 지켜보던 사람들은 신이 참으로 실감이 나는 연기를 한다고 생각할 뿐이었다.

'와, 연기에 얼마나 몰입했으면 저렇게…….'

'미쳤다.'

이 장면은 서윤도가 연호랑에게 패배하여 혼절하는 장면이었는 데 신이 이를 훌륭히 소화해내자, 사람들은 속으로 저건 사람의 연기가 아니라 신의 연기라고 감탄사를 내뱉어댔다.

설마 지금의 신이 아프다고 생각을 하지 못했다.

지금 신이 펼쳐 낸 연기는 아픈 상태에서 펼쳤을 거라

생각되지 않는 정말로 훌륭한 연기였으니까. 그야말로 신들린 연기라고 해야 할까.

더군다나 신이 평소 연기를 훌륭하게 해내는 것도 있으니 사람들이 이렇게 생각하는 게 무리도 아니었다.

한데, 신의 얼굴에 핏기가 없이 새하얗자 카메라맨은 물론 스태프도 슬슬 이상하다는 생각을 하기 시작했다.

'왜 저러지?'

'상태가 너무 안 좋은데.'

그러나 여기서 끊길 수는 없었다.

이제 막바지에 다다랐는데 여기서 끊을 수 없었다. 그러던 이때, 미리 넘어지기로 되어 있던 소나무가 반으로 넘어졌다.

쿵!

불에 타오르던 기다란 나무가 우진과 신의 사이를 갈라 놓았다.

신은 흔들거리는 눈동자로 마지막 대사를 내뱉었다.

"난 다시 돌아온다."

이 말을 남기고 신은 자리에 풀썩 쓰러졌다.

여기서 촬영할 부분은 더 남아 있었으나 신이 나오는 부분은 아니었다.

한편, 스태프들이 놀라 신에게 일제히 달려들어 신의 상태를 확인했다. 볼을 손바닥으로 툭툭 쳤으나 신은 아무 반응이 없었다. 혼절한 것이다.

누군가가 소리를 빽 질렀다.

"의식이 없어!"

"숨을 안 쉬고 있어!"

"구급차 어서 불러!"

"응급구조팀 어서 오세요!"

서서히 가라앉는 신의 눈동자 위로 무어라 외치는 사람들의 모습이 아른거렸다. 신은 귓가에서 윙윙하고 울리는 소리를 들으며 미소를 지었다.

'해냈어.'

의식의 끈이 끊어졌다.

스태프들은 신이 구급차에 실려 가는 걸 보며 숙연한 표정을 지었다.

신이 어떤 상태인지도 모르고 신의 연기에 감탄사를 내질렀으니 신에게 미안할 뿐이었다.

이때, 오민석 PD는 어수선한 장내의 분위기를 정리하며 해산하자고 말했다.

촬영할 분위기도 아닐뿐더러 이대로 촬영을 한다는 건 신에 대한 예의가 아닌 거 같기 때문이었다.

사람들이 선발대를 꾸려서 신이 향하기로 한 병원으로 출발하기로 하는 사이, 오 PD는 우진과 예리를 사람들 모르게 불러냈다.

☆　★　☆

　"나에게 할 말 없나?"

　오 PD의 조용한 추궁에 두 사람은 고개를 푹 숙였다.

　"죄송합니다."

　'다른 사람은 그렇다고 쳐도 같은 장면을 찍는 이 두 사람이 신의 상태를 몰랐을 리가 없지.'

　마지막 순간에 혼절할 정도로 아팠다는 건 정말로 몸이 좋지 않았다는 의미였다. 솔직히 숱한 스태프 중 아무도 신의 상태를 못 알아채기란 힘든 일이었다. 한 명 정도는 신의 상태를 알아차릴 수 밖에 없었다. 하나, 여기서 누군가가 신을 도와준 조건이 붙으면 이야기가 달라진다.

　'그런데 그 도와준 이가 스태프일 리가 없지. 스태프가 알았다면 내 귀에 무조건 들어오니까.'

　한편, 두 사람은 숨기는 거 없이 솔직히 말하기로 했다.

　두 사람의 이야기는 이랬다. 신이 촬영에 들어가기 전부터 아팠는데, 이를 알게 된 두 사람은 신을 도와주기로 했다는 거다.

　'역시 생각대로군.'

　이때, 우진이 말했다.

　"감독님, 죄송합니다. 제가 예리에게 말해서 신이를 도와주기로 했습니다."

"아니에요. 제가 우진 오빠를 끌어들인 거에요."

이 와중에 동료 챙기기라 나쁘지는 않았다.

'누가 누구를 끌어들였느냐가 지금 중요한 게 아니지'

오 PD는 희미하게 웃으며 말했다.

"죄송하다고 말할 필요 없어. 난 지금 자네들에게 책임을 추궁하려는 거 아니니까."

이 말에 두 사람은 안도의 숨을 내쉬었다.

오 PD가 신이 아픈 걸 알았다면 뜯어말려야 한 게 아니냐고 큰소리를 지르면 어쩌나 싶었는데, 오 PD는 화를 내지 않았다.

정작 오 PD의 생각은 이랬다.

'쓰러진 건 신인데 이 두 사람을 탓해봐야 어쩌겠나.'

이 두 사람도 신이 혼신의 연기를 펼쳐내고 쓰러진 것에 누구보다 마음이 좋지 않을 테다.

'이 두 사람도 전체를 생각한 것이겠지.'

촬영일정이란 게 조율되는 건 쉬운 일이 아니었으나 만약 오 PD가 신의 상태를 사전에 알았다면 어떤 주저함도 없이 촬영을 포기했을 테다. 신은 조광우의 제자니까. 그렇기에 오 PD는 그 자신의 커리어도 포기할 용의가 있었다.

'광우에게 진 빚을 갚기 위해서라면……'

그런데 신은 이를 거부하고 연기를 한 것이다.

'정말이지 그 선생에 그 제자로군.'

이로써 빚이 또 늘어나게 되었으나 썩 싫지는 않았다.

오히려 오 PD는 최선을 다한 신이 기특하면서도 고맙고, 한편으로 미안한 마음이 잔뜩 들 뿐이었다.

"후……. 객관적으로나 결과적으로 보면 오히려 자네들의 선택과 신을 칭찬해야겠지. 나는 물론 제작진 모두를 살려냈으니까."

이건 가정이지만, 제작진이 신의 상태를 알게 되었을 때 모험을 감행하지 않는 쪽으로 결정을 내릴지 몰랐다. 만약 신이 도중에 쓰러진다면 투입된 비용은 비용대로 날리고 일정은 또다시 잡아야 하는 불상사가 생기니 말이다.

이렇게 본다면 신이 아무 말도 안 하고 촬영을 감행하기로 한 건 정말 큰 도박이었다. 사실 결과가 잘 풀려 이렇게 이야기가 좋게좋게 되는 것이지, 결과가 좋지 않았다면 오 PD는 우진과 예리에게 책임 소재를 따졌을지도 몰랐다. 뭐, 어찌 됐건 결과론적으로 신이 모두를 살려낸 것이다.

"그래도 우리 파트너인데, 내가 왕따가 된 거 같아 좀 섭섭하긴 섭섭하네."

"앞으로 이런 일 없도록 하겠습니다!"

"죄송합니다!"

"허허…… 믿겠네. 이제부터 이런 일이 생기면 꼭 말해주면 좋겠어."

파트너라는 게 괜히 파트너가 아니었다.

더군다나 '돈'으로 얽힌 '사업' 파트너라면 상호 간의 신뢰는 생명이었다.

오 PD는 이 정도 선에서 이 일을 묻기로 했다.

"이제 가보게. 바로 병원으로 갈 건가?"

"네. 가야죠. 신이가 그렇게 된 데 제 책임도 있으니까요."

"저도 그래요."

"좋아, 그럼 그렇게 해."

잠시 후, 두 사람은 선발대에 합류하여 병원으로 출발했다.

'좋은 동료들을 뒀구나, 녀석.'

그러다 오 PD는 한숨을 내쉬었다.

마음이 착잡하고 입안이 텁텁했다.

'오늘따라 끊은 담배를 피우고 싶군.'

한편, 오 PD에게 신의 이야기를 간략하게 듣게 된 정지훈은 혀를 쯧쯧 찼다.

"배우는 몸이 자산인데, 어휴 멍청한 놈……."

안타까움과 걱정이 묻어나오는 말이었다.

"무리하다 몸에 탈이라도 생기기라도 하면 어쩌나 이거. 배우 수명이 줄어들기라도 하면……."

신이 KTS와 계약하면서 산재보험도 들어 놓아서 보험도 적용받을 테고, 제작진에서 위로금 명목으로 보상도

해 줄 테지만. 건강이란 게 한번 탈이 나면 돈으로 메꿀 수가 없었다.

게다가 신은 능력이 출중한 배우다. 그렇기에 미래도 매우 기대되었다.

한데, 이런 신에게 이상이 생기게 되면 진심으로 안타까울 듯했다.

다른 사람들도 신을 진심으로 걱정하며, 제발 아무 이상도 없기를 바라는 염원을 담아 기도하고 또 기도했다.

이런 간절한 기도가 하늘에 통했을까.

의사는 신의 상태에 이런 의학적 소견을 내렸다.

"쓰러지면서 뇌가 충격을 받긴 했는데, 이는 추이를 좀 봐야 하겠고. 그보다 이런 몸 상태에서 무리했다면 몸에 큰 탈이 날만도 한데 이상은 없군요. 몸 기운이 약해져 있지만 푹 쉬면서 요양하면 정상 생활이 가능할 듯합니다."

이 소식을 듣게 된 사람들은 안타까워하면서도 기뻐했다.

주예리와 강우진도 제 일처럼 정말로 기뻐했다.

주예리는 눈물을 뚝뚝 흘렸고, 우진은 예리의 등을 토닥거렸다.

"다행이다, 정말 다행이다."

며칠 후, 촬영이 다시 시작되었다. 제작진은 신을 빼놓은 부분만을 우선으로 촬영하기 시작했다. 한데, 사람들은 이상한 걸 느꼈다. 촬영장이 횅한 거 같고 심심한 것이었다. 사람들은 신의 공백이 참으로 크다고 느꼈다. 하기야 분위기 메이커 역할을 톡톡히 하는 신이 없으니 마음 한구석이 허전할 수밖에 없었다.

사람들은 신이 하루빨리 건강한 모습으로 현장에 오길 기다렸다.

한편, 스태프들은 신의 이름이 붙여진 의자를 세트장에 옮겨 다니며 애지중지하게 다뤘다. 이 의자에 신이 언제 어느 때에 앉을 수 있도록 먼지 한 올 없도록 깨끗하게 닦기까지 했다. 이는, 신에 대한 사람들의 각별한 예우였다.

그런데 사람들의 바람과는 다르게 하루가 지나도 이틀이 지나도 신은 깨어나지 않았다. 이로부터 일주일이라는 시간이 더 흘렀다.

서울 이화 병원 개인 병동 305호.

한 여인이 이곳을 찾아왔다.

트렌치 코트와 명품 샤넬 백으로 멋을 한껏 부린 한편 명품 선글라스로 눈을 가리고 있었다. 그녀의 정체는 주 예리였다.

그녀는 백합을 들고 신이 있는 병동을 아무도 모르게 찾았다.

잠시 후, 신이 있는 병실에 들어온 예리는 병상에 누워 있는 신을 바라보았다.

예리는 흐뭇한 미소를 지었다.

'아이고, 귀여워라.'

곧이어, 그녀는 매의 눈빛으로 병실 내부에 먼지가 있나 없나 구석을 단단히 점검했다.

'공기가 중요해, 공기가.'

그리고 그녀는 꽃병의 물을 갈고 그녀가 사온 꽃을 꽃병에 넣었다.

한두 번 해본 것처럼 보이지 않는 익숙한 동작이었다.

그녀는 종종 이곳에 찾아왔다.

그 이유가 뭔지는 그녀 또한 몰랐다.

그냥 와보고 싶다고 해야 할까.

그녀는 이곳에 올 때마다 신이 이렇게 된 게 그녀의 책임이라며 생각하고는 했다.

'그래, 특별한 감정은 없고. 그냥 걱정돼서 이러는 거야. 암, 그 이상도 그 이하도 아니지.'

주예리는 마음 속으로 확실한 선을 그으며 신을 바라보았다.

"야, 누나가 이렇게 간호해주면 일어나야 하는 거 아니야? 이 천하의 주예리가 말이야!"

그러나 신은 말이 없었다.

주예리는 호기심으로 신의 볼을 툭툭 건드렸다.

"어쭈, 이거 봐라. 안 일어나네."

그녀는 신의 몸 곳곳을 신나게 찔러보기 시작했다. 이에, 신은 무언가 마음에 들지 않는듯 미간을 살짝 좁혔다.

예리는 동작을 멈추고는 속으로 중얼거렸다.

'꼭 잠들어 있는 거 같네.'

한편, 신이 깨어나지 않으니 의사들은 난색을 표했다. 지금이라면 깨어나는 게 정상이니 말이다.

'뇌에 이렇다 할 손상도 없다는데……'

이에, 의사들은 신이 쓰러질 때 의학적으로 불분명한 정신적 충격을 받지 않았을까하고 추정했고, 당분간 추이를 좀더 지켜보자고 했다.

'빨리 일어나라, 자식아.'

그러던 이때, 병실로 들어오는 인기척이 있었다.

주예리는 자리에 다소곳이 앉았다. 문이 열리며 방으로 들어온 여인은 교복을 입고 있었다. 이때, 두 사람의 시선이 마주쳤다. 그 순간 그녀들은 서로를 의식했다.

왠지는 몰랐다.

그녀들은 동시에 입을 열었다.

"누구세요?"

"어머, 누구시죠?"

"신이 누나에요."

"전 촬영장 동료인데."

"어라, 혹시 주예리 씨 아니에요?"

"네, 그런데요."

"우와, 만나 뵙게 되어 영광이에요. 전 이수연이라고 해요. 반가워요!"

그녀는 주예리의 손을 붙잡았고, 주예리는 궁금하다는 표정으로 질문했다.

"그런데 가족이에요?"

그녀가 이렇게 물어보는 건 이곳에 오면서 신의 부모님으로 보이는 사람과 거의 마주치지 못해서였다.

'그러고 보니 헐레벌떡 뛰어온 남자가 있긴 있었지만…… 그 남자 아버지로 보이지는 않는데…….'

"그냥 음…… 가족 같은 누나랄까요?"

주예리는 수연의 눈동자를 지그시 응시했다.

"왜, 왜 그렇게 보세요?"

"동생으로 삼고 싶어서요."

"네?"

"언니라고 부르렴."

"그래도 돼요?"

"그래, 그래."

주예리는 수연을 바라보며 친해져야 한다는 걸 느꼈다.

왠지는 몰랐다. 다만, 여자의 강렬한 직감이었다.

☆　★　☆

한편 이 시각.

김윤희는 오 PD가 보여준 영상을 멍한 표정으로 주시했다. 말은 없었다. 1초, 2초가 흐르고 한 20초 정도의 정적이 흘렀다.

김윤희는 침을 꿀꺽 삼키며 말했다.

"오 PD님, 이거 뭐에요."

오 PD는 퀭한 눈동자로 말했다.

"바람의 공주 예고편."

"말도 안 돼……. 어떻게…… 세상에……."

그녀는 이 세 낱말을 계속해서 남발할 뿐이었다.

"이건 사람의 연기가 아니에요. 어떻게 사람이 이런 연기를 해요?"

"신들린 연기라고 밖에 말 못하지."

상황과 우연 그리고 재능.

이 세 가지가 절묘하게 어우러져 최상의 결과를 끌어낸 것이었다.

"그보다 이 장면…… 다시 촬영한다면 죽었다 깨어나도 이 영상 속 순간을 똑같이 재현해내지 못할 거야."

오 PD는 확신에 찬 어조로 말했다.

"찍어 본 장면 중에서 최고의 명장면이야."

"동감해요⋯⋯."

김윤희가 고개를 끄덕이며 말했다.

"저도 제 인생에서 정말 손꼽히는, 아니, 베스트 오브
베스트가 될 장면이네요."

그녀의 극찬대로 정말 최고 영상이었다.

오 PD는 이 영상이 지닌 화려한 영상미와 박진감이 넘
치는 사실적 전투 그리고 인물의 감정과 개성을 끌어내느
라 정말 사람이 아닌 생활을 해야만 했다. 작업하다가 마
음에 안 들면 엎고, 또 엎고 그 짓을 수십 번도 더 했다.

신이 혼절까지 하는 기염을 토해내 혼신의 연기를 펼쳤
으니 오 PD 또한 이에 걸맞은 성의를 보여줘야 했다.

덕분에 작업하는 내내 오 PD는 원형탈모에 시달리기까
지 했으니⋯⋯ 말 다 했다.

"이거 메이킹 필름(*영상을 찍는 과정을 담은 필름) 촬
영했죠?"

이 말에 오 PD는 어깨를 으쓱였다.

당연한 걸 왜 질문하느냐는 의미였다.

"이거 정말 고민이네요. 메이킹 필름을 언제 터뜨려야
가장 극적인 효과를 노릴 수 있을지 말이죠."

"그거야 김윤희 PD가 알아서 해야지."

"와, 자기 할 거 했다고 무책임하게 이야기하시는 거
봐."

"하하, 조언 하나 해 줄게. 사람들은 극적인 드라마를 좋아한다는 거."

참으로 아리송한 말이었다.

사람들은 드라마를 좋아한다니?

"하아…… 이거 골치 아프네."

일단 김윤희 PD는 이 필름을 들고 투자사와 구체적인 이야기를 해볼 작정이었다.

"아무튼, 오 PD님, 축하해요. 우리 초대박 날 거 같아요. 아니, 대박 나요."

그러나 대박이라고 말하기에 일렀다.

신이 깨어나지 않으면 이 모든 건 말짱 도루묵이니까.

오 PD는 기도했다.

'그러니까 어서 깨어나라, 신아.'

☆　★　☆

신은 한 장소에 서 있었다.

이곳이 어딜까 하고 주위를 둘러보니 정원이 펼쳐져 있었다.

꽃이 가득한 정원에 나비들이 춤추고 있었는데, 보기만 해도 마음이 아늑해졌다.

낙원이라면 낙원이라고 해야 할까.

이때, 선선한 바람이 살랑살랑 불었다. 코를 간질이는 게 신은 기분이 정말 좋았다.

그러던 이때, 화환을 쓴 한 여인이 정원에서 걸어 나오더니 신의 눈앞에 나타났다.

신과 여인의 시선이 마주쳤다.

여인을 바라보는 신의 눈동자가 흔들거렸다.

신은 한걸음에 그녀에게 다가가 그녀를 안았다.

신의 입에서 그동안 뱉고 싶었던 한 단어가 흘러나왔다.

"엄마……."

신의 눈에서 눈물이 뚝뚝 흘러내리기 시작했다.

"엄마…… 보고 싶었어요."

하고 싶은 말은 정말로 많았다.

그러나 목이 메어 보고 싶다는 말밖에 나오지 않았다.

– 이제 다 컸구나.

그녀는 신의 등을 토닥거려 주었다.

신은 그녀를 바라보며 웃었다.

"응, 다 컸죠. 누구 아들인데. 엄마의 자랑스러운 아들이잖아요."

신은 그녀를 눈에 담았다. 그녀는 변함이 없었다. 그녀의 미모는 신이 기억하는 아름다운 모습 그대로였다. 신이 생각했을 때 이 세상에서 가장 아름다운 여인이 바로 신의 어머니였다. 그녀는 옛날처럼 여전한데, 신은 옛날과 변했다. 장성하게 자라난 것이다.

죽은 자에게는 시간이란 게 정지되어 있는데 남겨진 자에게는 시간이 흐른다는 것. 이 사실이 신은 서글펐고, 마음 한 켠이 아려왔다.

"나 있잖아요. 연기 시작했어요. 막 사람들한테 칭찬받고도 그래요."

신은 그간 그녀에게 직접 하고 싶었던 이야기를 들떠 이야기를 하기 시작했다. 신의 어머니는 가만히 듣다 미소를 슬며시 지으며 신에게 말했다.

ㅡ 이제 깨어나야지.

"그게 무슨 말이에요. 깨다뇨. 난 엄마랑 함께 있고 싶은데……"

그녀는 어리광을 부리는 신을 향해 고개를 가로저으며 말했다.

ㅡ 너를 기다리는 사람이 많단다.

한편, 신을 바라보는 그녀의 눈빛은 신이 정말 대견스럽다고 말하고 있는 듯했다.

☆　★　☆

수연이 제일 싫어하는 부류가 외모만 믿고 참으로 싹수없는 부류였는데, 주예리는 그런 게 없었다. 성격 또한 정말 좋았다. 털털하면서도 덜렁거리는 게 또 없었다. 말하는 것도 아주 똑 부러져서 아주 야무진 거 같았다.

수연은 이런 주예리가 정말로 마음에 들었다.

'게다가 신이랑도 잘 어울릴 거 같고.'

물론 신과의 나이를 생각해보면 나이 차이가 나기는 했다. 하지만 요즘에는 연상 연하가 대세가 아니던가.

'솔직히 신과 예리 언니를 객관적으로 따지면…….'

누가 봐도 주예리 쪽이 압승이다.

이제 외모에 본격적인 물이 오르면서 주가를 내기 시작하는 주예리다. 그녀의 미모가 완전히 물이 오르고 드라마나 영화에 몇 번 나오면 당대 최고의 톱스타가 될 게 분명했다. 적어도 몇 년 내로 말이다.

'남편 될 사람을 굶게 하지 않을 충분한 돈도 벌겠지.'

게다가 내조 또한 잘할 거 같으니, 그녀는 손색이 없는 일등 신붓감이었다.

수연이 보기에 그랬다.

아무튼, 다 좋았다. 분명 다 좋은데……. 이상한 기분이 들었다.

뭐랄까, 주예리가 신의 신붓감으로 잘 어울리는지 아닌지 깐깐히 따지는 '시어머니'가 된 듯한 느낌이라고 해야 할까.

'아무래도 내 착각이겠지.'

수연은 목덜미가 순간 서늘했다.

앞으로 이런 경우가 더 생길 듯한 이상야릇한 직감이 든 것이다.

이에, 수연은 설마 하고 생각했다.

'에이, 아니겠지? 내 연애사업도 바빠 죽겠는데.'

이때 수연은 이 설마가 정말 현실로 다가오리라는 걸 짐작도 못 했다.

'불길한 생각은 안 하는 게 낫지.'

여하튼 주예리는 그렇게 수연의 까다로운 '청문회'를 통과하는 데 성공했다.

그리고 금세 친해진 두 여인은 수다의 꽃을 재잘재잘 피우기 시작했다.

"와, 진짜?"

수연은 깔깔하고 웃음을 터뜨리는 예리에게 말했다.

"네, 정말이니까요. 그리고 이건 비밀인데 신이 어릴 때 있잖아요."

"어머머, 세상에……."

지금으로써 두 여인이 통하는 분야는 당연히 신이었다. 각기 다른 세계에 사는 두 사람이니 이야기를 쉽게 할 수 있는 주제는 아무래도 신이었다. 신에 대해 이야기하는 게 편하기도 하고 서로 공감도 하기 쉬우니, 공감대가 쉽게 형성되는 것도 있었다.

이야기가 잘 통하자 그녀들은 서로에게 친밀감을 가지게 되었고, 이야기가 더더욱 잘되기 시작했다.

그녀들은 어느덧 수다 삼매경에 푹 빠졌다.

"한 번은 이런 적도 있었어요."

예리가 귀를 쫑긋하고 수연의 이야기에 집중했다.

"뭔데, 뭔데."

주예리도 이런 이야기가 좋았다. 촬영장에서는 그렇게 카리스마가 넘치는 녀석의 색다른 모습을 알아가니 말이다. 덕분에 신이라는 존재가 점점 흥미로워진다고 해야 할까.

"뜸 들이지 말고 빨리 말해봐."

수연은 신이 혹시라도 들을까 싶어 신을 슬쩍 쳐다보며 주예리에게 말하기 시작했다.

"그게요…….."

오직 수연만 아는 신의 비하인드 이야기가 수연의 입에서 나오려고 하자 분위기가 서서히 고조되기 시작했다. 예리는 저도 모르게 침을 꿀꺽 삼켰다.

그러던 이때였다.

신이 "안 돼요!"라는 소리를 꽥 지르며 병상에서 벌떡 일어났다.

두 사람이 놀란 표정으로 신을 바라보았다.

"하아…….."

신은 거친 숨을 내뱉으며 입고 있는 환자복을 바라보며 한숨을 푹 쉬며 말했다.

"역시 꿈이었구나."

"신아!"

"너 깨어났구나."

신은 두 눈을 끔뻑이며. 놀란 가슴을 쓸어내리는 두 사람을 바라보았다.

"어라, 두 사람이 왜 여기에……?"

이때, 수연은 눈물을 흘리며 신을 안았다.

"다행이다. 정말 다행이다."

신은 수연의 등을 어루만졌다.

그보다 의사와 간호사를 부르기로 했다.

신의 몸에 별다른 이상이 있는지 확인하기 위해서였다.

잠시 후, 의사는 신에게 몇몇 검사를 간단히 하고는 살짝 놀란 표정으로 말했다.

"일단 신체 반응이 정상이군요."

신의 경우는 의사가 보기에 정말 신기한 경우였다.

"이후 검사를 좀더 해볼텐데, 지금으로서 일단 안정이 우선적일 거 같습니다"

잠시간의 면담이 허락되었다.

"그보다 나 며칠 동안 뻗은 거에요?"

"대략 십일 정도?"

수연의 말에 신은 놀란 표정을 지으며 말했다.

"촤, 촬영은요?"

"일단 너 안 나오는 부분을 우선으로 촬영하고 있어."

주예리의 말에 신은 안도의 한숨을 내쉬었다.

"그렇구나……."

주예리는 신이 깨어나자마자 촬영이 어떻게 되어가는지 묻는 걸 보고 정말 못 말리는 녀석이라고 생각했다. 지금 이 순간만큼은 잠시 잊어도 될 텐데 말이다.

'정말 싫지 않은 녀석이라니까.'

이런 모습이 참으로 신답다고 주예리는 생각하며 미소를 슬며시 지었다. 그리고 이런 두 사람의 모습을 수연은 흐뭇하게 지켜보았다.

'두 사람 잘 되겠네.'

수연이 보아하니 두 사람은 서로를 어느 정도 마음에 들어 하는 거 같았다.

'신이도 이제 다 컸네.'

수연은 신과 어려서부터 함께 자라왔다.

슬플 때나 즐거울 때나 언제나 함께했다.

특히 신의 어머니가 돌아가시고 난 이후 그녀는 신을 거의 아들처럼 돌봤다. 한데, 이제는 신도 커버렸다. 몇 년 전만 해도 그녀가 신보다 더 컸는데 이제는 신이 그녀의 눈높이를 훌쩍 넘겨버렸다.

'이렇게 클 줄 몰랐는데…….'

수연은 신과 이렇게 함께하는 것도 조만간 이라는 거 직감하고 있었다. 환경은 사람을 바꾸는 힘이 있기에, 환경에 걸맞은 사람을 만드는 법이었다. 이 환경이라는 거 무시할 수 없었다.

'신이는 이제 비상하겠지.'

그동안 함께 해온 게 있었는데, 이제는 신이 멀어진다는 기분이 들었다.

'예리 언니와도 알고 지내고. 이런 화려한 사람들 앞으로 많이 만나겠지?'

이래서 수연은 신에게 섭섭하기도 했다.

솔직히 이런 감정이 전혀 없다고 말하는 게 자기기만일 것이다.

하지만 수연은 신을 그녀의 곁에서 기꺼이 보내줄 수 있었다.

비록 신과 같은 피는 흐르고 있지 않지만, 신은 그녀에게 가족과도 같은 존재였으니까.

'누난 네가 잘 되면 좋겠어, 신아.'

그러던 이때, 주예리가 말했다.

"걱정하지 말고 네 몸이나 추슬러. 오 PD님이 이 말 전해 주랬어. 혹시 너 깨어나면 아무 생각하지 말고 몸 재활하는 데 신경 쓰라고 말이야."

"네."

"그리고 너 인마!"

주예리는 소리가 울릴 정도로 꿀밤을 세게 때렸다.

"아, 왜 때려요."

"다음부터 그러지 마. 사람들이 얼마나 걱정했는지 알아?"

수연도 거들었다.

"맞아, 너 그러면 못 쓰는 거야."

솔직히 신도 이에 대해 입이 백 개라도 할 말이 없었다.

머리가 통증으로 얼얼하기는 했으나 기분이 그리 나쁘지는 않았다. 누군가에게 걱정 받는다는 건 기분이 좋은 일이었으니까.

"저 근데 안정을 취해야 할 환자인데요."

"하여간, 말이나 못하면 밉지나 않지."

신은 어깨를 으쓱이며 두 사람을 바라보며 말했다.

"그보다 두 사람 언제 이렇게 친해진 거에요?"

"뭐, 어쩌다 보니?"

신은 눈을 가늘게 뜨며 말했다.

"수연이 누나, 무슨 이상한 이야기 한 거 아니지? 귀가 막 간지럽던데."

두 여인은 모른 척하며, 자리에서 일어섰다.

"아, 말했나 보구나. 도대체 뭘 말한 거야."

두 사람은 날뛰는 신을 뒤로하며 서로를 향해 눈을 찡긋거렸다.

'친해져서 좋았어.'

'저도요. 언니.'

두 사람은 이미 번호까지 교환했다.

서로 말은 없었지만 아까 전 못다 한 이야기는 연락으로마저 다 하자는 것쯤은 알고 있었다.

"호호, 그러고 보니 내일 촬영이 있어서……."

"나도 숙제 때문에……."

두 사람은 콧노래를 흥얼거리며 팔짱까지 끼며 병실에서 나섰고, 신 혼자만 병실에 덩그러니 남게 되었다.

"허, 뭐지 것 참. 이래서 여자들이란 이해할 수 없다니까."

신은 병상에 누워 천장을 바라보았다. 문득 혼절할 때의 마지막 기억이 떠올랐다.

'그 '느낌' 참으로 이상한 느낌이었어.'

당시 신은 자신을 잠시 잊었다.

그 순간만큼은 배역과 정말로 하나가 되었다고 해야 할까.

'이를 접신이라고 표현해야 할까.'

신은 공중을 향해 손을 뻗어 주먹을 쥐었다.

'그때, 내 감정 구체가 띈 하얀색과 관계된 거겠지……?

상황으로 봤을 때 아무래도 그런 거 같았다.

신은 감정의 색깔을 봄으로써 대략적인 감정 상태를 보는 게 가능했다. 초록색은 편안할 때 띄는 감정의 색이고, 노란색은 조심하거나 경계할 때 띄는 감정의 색이고, 파란색은 실망이나 우중충한 감정을 느낄 때 띄는 색이고, 주황색은 화가 날 때, 빨간색은 좋아할 때 띄는 색이었다.

그리고 이 각각의 색이 진할수록 각각의 감정이 격렬하다는 말이었다.

한데, 하얀색 감정은 기존과 다른 감정이면서 형성되는 과정이 독특한 감정이었다.

신은 빨간색이 극도로 빨개지더니 색을 잃고 하얀색으로 변한 것을 볼 수 있었다.

이때 신은 한 감정을 느꼈다.

그건 '환희'이자 '황홀경'이었다.

단순히 정신적으로 고양된 기쁨이 아니었다.

무어라 정확하게 정의하기 힘들지만 무언가 한계를 뛰어넘은 것에서 오는 감정이었다.

신은 확신했다.

'이 하얀색 감정은 모든 걸 쏟아 부을 때야.'

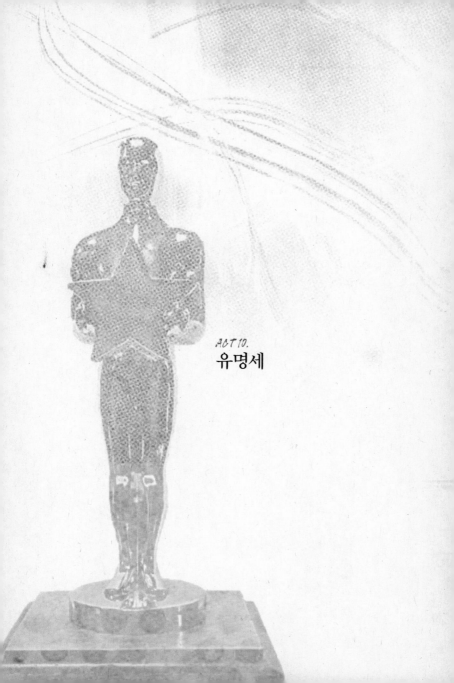

ACT 10.
유명세

유명세

한편, 김윤희 PD는 투자사 사람들 그리고 KTS 방송국 국장과 전략회의를 하기로 했다. 〈바람의 공주〉가 상대할 드라마 〈태양의 군주〉도 서둘러 움직이고 있어 지체할 시간이 없었다. 때문에, 속전속결이 이루어져야 했다.

방송국 회의장 장내에 사람이 서서히 모이는 그때, 김윤희 PD는 한 문자를 받았다. 신이 깨어났다는 문자였다.

'이제 안심되네……'

이건 만에 하나지만, 신이 끝까지 깨어나지 않으면 어쩌나 싶었다.

한데, 이 문자 한 통으로 불안감이 씻은 듯이 사라졌다.

'이제 내가 최선을 다할 차례지.'

잠시 후, 장내에 모든 사람이 모이자 그녀는 영상부터 틀었다. 이 예고편 영상을 보는 내내 사람들은 입을 쩍 벌렸다. 그리고 영상이 끝날 때는 아무런 말을 할 수도 없었다. 장내에는 정적이 가라앉을 정도로 영상미가 정말로 강렬했다.

좌중에서 박수가 터져 나왔다.

짝짝짝.

사람들은 정말로 흡족한 표정을 지었다.

"이거 굉장하군요."

"이야, 역시 투자한 보람이 있는데요."

KTS 여의도 방송국 국장 이두찬의 입가에도 커다란 웃음이 걸려 있었다.

"하하하! 내 이럴 줄 알았어. 김윤희 PD, 내 자네 이런 사고 칠 줄 알았어!"

"감사합니다."

이로써 그녀의 승진은 확정적이었다.

이제 대박이 정말 터지면 KTS 드라마 기획부장으로 올라가는 게 꿈도 아니었다.

잠시 후, 그녀는 전략을 설명하기 시작했다.

"광고 영상은 브라운관으로 나올 예정이기도 하지만, 일단 신경 써야 하는 건 대중에게 어떻게 다가가는가가 관건입니다. 일차적으로 집중해야 할 건 소셜네트워크서비스입니다. 다른 광고와 달리 비용도 적게 들고 입소문이 타면 절로 홍보되는 게 이 SNS입니다. 스마트폰이 널리 보급된 세상이니 파급력도 크고요."

"허허…… 비용은 걱정하지 말게."

"감사합니다."

김윤희는 이두찬을 향해 고개를 꾸벅이고는 이어서 말했다.

"그런데 정말로 중요한 게 있습니다. 간단하면서도 제일 어렵지요."

"그게 뭔가?"

"밀고 당기기입니다."

"밀고 당기기……?"

"네, 사람들은 드라마와 같이 극적인 것을 좋아하거든요."

사람들은 아리쏭달쏭한 표정으로 그녀를 바라보았다.

곧이어, 이어지는 그녀의 설명에 사람들은 박수를 쳤다.

"그거, 참 훌륭한 생각이야!"

그리고 이날, 첫 번째 예고편이 소셜 네트워크 서비스에 우선 공개되었다.

☆　　★　　☆

　　사람들의 일상적인 삶은 대체로 무료하다.

　　마치 쳇바퀴와도 같은 삶이다.

　　학생이나 직장인들은 무료한 시간을 보내려거나 막간의 짬을 이용하여 어플리케이션 페이지북을 실행했다. 그리고 평소 습관처럼 페이지 라인에 뭐 재밌는 게 없나를 살펴보다 한 영상을 보게 되었다.

　　'이거 뭐지?'

　　영상을 소개하는 제목은 '바람이 나빌레라'라고 적혀 있었고, 내용으로는 바람의 공주 예고편이라고 적혀 있었다.

　　'예고편 드라마 영상이잖아?'

　　사람들은 생각보다 시큰둥한 반응을 보였다.

　　'솔직히 우리나라 드라마 뻔하잖아.'

　　한국의 경우 영화나 드라마를 소비하는 주체가 주로 여성이다 보니 대체로 여성고객층을 노리는 편이었다. 특히 한국 드라마라고 하면 일단 '신파극'이라는 부정적인 인식이 다소 깔린 편이었다. 주인공이 의사더라도 연애하면서 환자를 치료하고, 검사라고 해도 범인을 잡으면서 연애를 하는 등 이 멜로가 반드시 들어가기 때문이었다.

　　이렇다고 멜로를 빼는 건 난감한 일이었다. 사람들은

재미없다고 보지 않기 때문이었다.

아이러니하지만, 이는 연애 요소가 드라마에서 주요한 갈등 장치의 하나로 자리 잡고 있다는 걸 의미하기도 했다.

사실 이러한 요소가 상투적이라고 해도, 이 요소를 어떻게 활용하느냐에 따라 뻔한 신파극이 될 수 있었고, 재미도 있고 감동이 있는 수작이 될 수 있었다.

그리고 바람의 공주의 극본을 집필하기로 한 메인 작가 조일국과 서브 작가 김경아 작가는 이런 대중의 이중성과 니즈를 잘 파악하는 노련한 작가들이었다.

아무튼, 사람들은 영상에 대해 별다른 기대는 하지 않았다.

그저 관성적으로 영상을 실행할 뿐이었다.

화면 속의 영상이 재생되자 검은 화면에서 시뻘건 화염이 서서히 치솟아 올랐다.

활활 타오르는 효과음도 울렸다.

UHD 화질이라 그런지 불 색깔도 정말로 선명했다.

불이 눈앞에서 생생하게 타오르는 듯했다.

곧이어, 사람들은 불이 타오르는 배경은 아마도 숲일 것인 게 분명하다고 추측했다.

이때, 서로를 강렬히 노려보고 있는 두 남자의 눈빛이 화면이 나타났다.

한데, 아주 가까운 거리에 있는 이 두 남자의 눈빛 심상
치 않았다.

한쪽은 상대를 완전히 잡아먹을 듯이 노려보고 있었고,
다른 한쪽은 차가운 눈동자로 상대를 응시할 뿐이었다.
두 사람을 적절한 대상에 비유한다면 뜨거운 불과 차가운
물이라고 해야 할까.

이처럼 서로의 눈빛이 대조적이라서 그런지 서로의 눈
빛 연기가 한층 더 강조되는 듯했다.

한편, 사람들은 이 눈빛 연기가 보여주는 강렬함에 단
숨에 매료되고 말았다.

"후우……."

이때, 두 사람이 서로를 향해 내쉬는 거친 호흡이 생생
히 울렸다.

"후우……!"

두 짐승이 내쉬는 뜨거운 숨결에 영상을 시청하는 사람
들은 심장이 화끈하게 달아오르는 걸 느꼈다.

그러던 이때!

두 사람이 서로를 향해 검을 휘둘렀다.

매서운 기세로 공기를 갈랐다.

곧이어, 검과 검이 맞닿으며 기괴한 소리가 울렸다.

끼기기긱!

검에서 새빨간 불똥이 툭툭 튀었다.

두 사람 중 한 명이 미간을 좁혔다. 그는 뒤로 잠시 물러나며 검을 고쳐잡았다. 사람들도 덩달아 주먹을 불끈 쥐었다.

그리고 두 사람은 검을 서로에게 휘둘렀다.

휘두르는 검이 서로를 향해 닿으려는 순간!

두 남자의 모습이 사라지면서 숲 전체가 화염이 타오르는 화면으로 자연스레 이어졌다. '디졸브Dissolve'라는 영상편집기법이었다.

영상편집에서도 간단한 기법이나 널리 애용되는 기법이었다.

그러나 이 기법의 효과는 탁월했다.

영상을 감상하던 사람들은 저도 모르게 안타까운 감탄사를 내지르고 말았다.

"아……!"

사람들은 대결의 결과가 어떻게 된 것인지 궁금했다. 이윽고 스스로 자문하기 시작했다. 붉은 피를 뒤집어 푸른 옷을 입은 사내가 이겼을까, 아니면 검은 옷을 입은 사내가 이겼을까 하고.

곧이어, 사람들의 관심사가 '누가 이겼을까.'라는 일차원 질문에서 '이들이 왜 이렇게 처절하게 싸워야 했을까.'로 이어지게 되었다. 목숨을 걸면서까지 처절하게 싸우는 이들의 사연이 궁금해지기 시작한 것이다.

'뭔가 사연이 있겠지?'

'특별한 이야기가 아닐까?'

그리고 이런 관심은 〈바람의 공주〉 드라마의 이야기에
대한 관심으로 자연스레 이어졌다.

그러던 이때, 불에 타오르는 기다란 소나무가 아래로
쓰러지며 숲 전체를 뒤덮었고, 불화살이 검은 밤하늘을
가득 메우기 시작했다. 이는 매치 디졸브 기법이었다.
이 매치 디졸브는 이전의 컷 마지막과 다음 컷의 시작
내용, 형태 등 비슷한 연관성을 갖는 화면이 전환되는
기법이었다. 이 매치 디졸브는 디졸브 하위에 속한 기법
이었다.

한편, 하늘을 메우는 불화살은 수백 아니 수천 발이었
다.

이 화살들은 일방적인 한쪽이 아닌 양쪽에서 오가고 있
었다. 그리고 장면 전환이 서서히 빨라지기 시작했다. 이
번에는 점프 컷jump cut이었다.

사람들은 빠른 호흡 속에서 넘어가는 다음의 장면들을
주시했다.

이때, 웅장한 BGM이 내리깔렸다. 창과 방패를 착용하
고 말에 탄 기마병이 일사불란하게 척척 움직이고, 수천
의 군마가 땅 위를 두두 달리는 막대한 군세가 궐기하는
장면, 화란 공주가 즉위식에 오르는 장면, 화란 공주가 자

객들에게 위협에 처하는 장면 등 서윤도가 뒤로 돌아서서 자객들을 상대하는 장면 등등 각종 '프레임frame'(*필름 한 장, 정지 화면의 한 단 위)이 짧은 시간 안에 휙휙 지나 갔다.

영상이 끝을 향해 달려가면 갈수록 빵빵하고 울리는 백 그라운드 음악이 강조되기 시작했다. 그리고 분위기가 잔 뜩 고조되는 순간 두두하고 연속으로 이어지던 음향이 강 하게 한 번 임팩트를 날리고는 영상이 어두워졌다.

영상이 끝난 것이다.

사람들은 순간 멍한 표정을 짓다 정신을 퍼뜩 차렸다.

'끝났어?'

'뭐야?'

'헐, 대박……'

삼십 초도 채 되지 않는 짧은 길이인 영상이었으나 사 람들에게 남긴 인상은 정말로 강렬했다.

'최고다.'

'이게 드라마라고?'

'이 정도면 영환데.'

드라마에 별 관심 없거나 드라마가 여자들만 보는 전유 물이라고 부정적으로 생각하던 남자들도 〈바람의 공주〉 에 관심을 가지기 시작했다.

'이 드라마 한번 보고 싶네. 방영이 언제지?'

사람들의 반응은 각양각색이었다. 인터넷 포털에 바람의 공주를 쳐보기도 했고, 영상이 지닌 화려한 영상미와 생생한 현장감에 흠뻑 빠져 연달아 재생해보기도 했다. 곧이어, 사람들은 영상 댓글을 쓰는 곳에 댓글을 달기 시작했다.

남희정 @이유진 드라마 예고편인데 좀 볼만하다.
　└이유진 오 그러네. 개대박인듯!!!!

조진웅 @최민식 @강형우 오래간만에 볼만한 드라마 나온 듯 ㅋㅋㅋㅋㅋ

김주리 @권혁준 오빠 이거 집에서 같이 보자! 짱 재미날 듯. 그날 내가 라면도 끓여줄게. ㅎㅎㅎ!

그리고 이 영상은 사람들의 응원에 힘입어 빠른 속도로 퍼졌고, 〈바람의 공주〉는 각종 포털 인터넷 사이트에서 실시간 검색어로 빠르게 치고 올라오기 시작했다. 포털 사이트 유저들의 반응도 뜨거웠다.

- 와 진짜 개쩐다.

- 이런 드라마가 나온다니 꼭 봐야겠네요!

- 미드가 최곤 줄 알았는데 이 예고편 보고 생각 바뀌게 됨.

- 님들 나 ㅋㅋㅋㅋㅋ 지려서 바지 갈아입고 옴;; 진짜 지림.
　└ 나도 2222222

한편, 사람들은 영상 속에 있는 인물들에 집중적으로 탐구하기 시작했고, 기자들도 드라마에 관한 각종 기사를 쏟아내기 시작했다.

이러다 사람들은 한 의문을 지녔다.

서윤도 역을 맡는 강신이라는 사람이 도대체 누구냐는 것이었다.

연호랑 역을 맡은 강우진이나 화란공주 역을 맡은 주예리는 꽤 유명한 인물이었다.

한데, 서윤도 역을 맡은 강신이란 이름은 생전 듣지도 보지 못한 이름이었다.

더군다나 이렇다 할 작품 필모그래피도 없으니 신의 정체는 오리무중이었다.

사람들은 간혹가다 고등학생이라는 말을 보기도 했는데 거짓말하지 말라는 반응을 보일 뿐이었다.

그러다, 한 포털 사이트에 한 네티즌이 남긴 글이 주간 화제의 글이 되기도 했다.

예쁜 깜찍이라는 닉네임으로 올라온 글이었는데, 내용은 대충 이랬다.

〈제목 : 사람들 의문 종결시킬게요.〉

〈내용 : 서윤도 역 맡은 강신, 고등학생 맞아요.

그러니까 님들 싸울 필요가 없어요.〉

그러나 사람들은 악플을 남기며 욕할 뿐이었다.

└ 님이 무슨 아는 사이라도 됨ㅋㅋㅋ?

　└ ㅇㄱㄹㅇ. 아는 척 개 쩌는듯. 말투도 진짜 건방지고.

　└ ㅇㅈㅇㅈ.

이에, 예쁜 깜찍이가 이런 댓글을 남겼다.

　└ 두고 보세요. 나중에 이 글은 성지가 될 겁니다.

그리고 한편.

PD 김윤희는 각종 포털 사이트 반응을 보며 후후 웃었다.

'전략은 주효했어.'

그녀는 일부러 모든 정보를 제공하지 않았다.

사람들에게 궁금증을 가지게 하여 기대감을 증폭시키기 위해서였다.

'밀고 당기기 작전은 성공했고.'

그녀는 페이지북과 같이 SNS에서 중요한 주축을 담당하는 블루버드의 반응을 바라보며 씩 웃었다.

양갱 @cncjswha

"바람의 공주" 예고편. 대박인 듯~! RB 부탁합니다.

테디 @ gowntpdy

@cncjswha 영화 같다. 요즘 드라마 수준 많이 올라간 듯. 본방 사수합시다!

그녀는 속으로 중얼거렸다.

'예고편도 사람들의 관심을 끄는 트레일러로 톡톡한 역

할을 하는 데 성공했지. 하지만…….'

태양의 군주 예고편이 곧장 풀리며 반격이 이어졌다.

역시 태양의 군주도 만만치 않았다.

두 드라마의 1차전 결과는 '박빙'이었다.

'후후…… 지금은 막상막하하겠지만, 이 대결 우리가 반드시 이기지.'

그녀는 모든 패를 보여준 게 아니었다.

'아직 '전세뒤집기'가 남아 있으니까.'

세간의 이목이 이 두 드라마에 집중되기 시작했다.

그리고 사람들은 어느 드라마가 최후의 승자가 될지 점치기 시작했다.

☆　★　☆

"안녕하세요. 다들 간만이에요."

촬영장에 있는 사람들은 익숙한 목소리가 나는 곳으로 시선이 향했다.

그곳에는 신이 싱글싱글 웃으며 서 있었다.

"헤헤…… 저 왔습니다!"

그러나 스태프들은 아무 말도 꺼내지 않았다. 그저 바라볼 뿐이었다.

이에, 신은 스태프들이 화가 난 게 아닌가 싶었다.

'촬영에 늦어서 화가 난 건가?'

만약, 이런 이유로 화가 난 거면 신은 할 말이 없었다.

신이 잘못한 것이기 때문이었다.

"촬영에 늦어서 정말 죄송합니다."

그러던 이때, 스태프들이 일제히 박수를 치며 신의 복귀에 축하하기 시작했다.

"왜 이렇게 늦은 거야!"

"기다렸잖아!"

"기다리느라 목 빠졌다."

한 스태프가 목 빠진 시늉을 하자 좌중에서 하하호호하는 웃음이 터졌다.

"아, 뭐에요. 화난 줄 알았네."

이때, 촬영하면서 신과 친해진 스태프들이 신에게 다가와 신의 머리를 헝클기도 하고 신을 껴안기도 했다.

"으아! 잠시만요. 징그럽게 뭐하는 거예요."

화기애애한 분위기가 이어지는 속에서 신은 속으로 중얼거렸다.

'엄마, 보고 있어요?'

비록 그녀의 말은 들리지 않았으나, 신은 그녀가 보고 있는 게 분명하리라 생각했다. 그녀와 헤어질 때 그녀의 눈동자는 모든 걸 다 알고 있다고 말하는 거 같았으니까.

'저 이제 외롭지가 않아요. 절 좋아해 주는 사람이 이렇게 많거든요.'

신은 콧등이 시큰거리는 걸 느꼈다.

'엄마, 그러니…… 그러니…… 저 열심히 할게요. 하늘나라에서도 계속 지켜봐 주세요.'

그러는 한편, 주예리가 홀쩍하며 울고 있었다.

"뭐야, 울어?"

강우진의 질문에 주예리는 눈물을 닦으며 말했다.

"아니, 눈에 이상한 거 들어가서 그래."

"어라, 누나 울어요?"

어느새 다가온 예리 곁으로 다가온 신이 예리를 향해 말했다. 이에, 예리는 소리를 빽 질렀다.

"아니거든! 이 멍청아!"

"아니면 아닌 거지. 소리는 왜 질러요. 누나, 그보다 그거 알아요?"

"뭐?"

"울다 화내면 엉덩이에 뿔 난대요."

신은 곧장 도망치기 시작했다. 주예리는 순간 어이가 없어 신을 멍하니 바라보다 신을 뒤쫓기 시작했다.

"야! 이리 안 와!"

우진은 아웅다웅하는 두 사람이 못 말린다는 듯 고개를 가로저었다.

"엉덩이에 뿔 나는 건 울다가 웃는 건데."

이런 사소한 오류가 있으나 굳이 잡아줘야 하나 싶다.

'딱히 중요한 건 아니니까.'

신을 바라보는 우진의 입가에 미소가 맺혔다.

'잘 돌아왔다.'

이후, 신은 촬영으로 정신없이 바쁜 나날들을 보내기 시작했다. 그리고 신이 나올 부분이 거의 막바지에 다다를 즈음, 〈바람의 공주〉 방영이 시작되었다.

☆　★　☆

신은 학교에서 집으로 돌아가는 길에 버스 옆면에 커다랗게 부착된 바람의 공주 광고를 바라보았다. 광고 스티커 오른쪽에는 '난 철혈의 여왕이 될 것이다.' 라는 오글거리는 대사가 적혀 있었다.

이 대사의 여주인공은 하늘거리는 왕복을 입고 얼굴에는 면사포를 쓰고 있었는데, 눈을 감고 양손을 잡고 고개를 위로 살짝 올려세우고 있는 걸로 보아 무언가를 기원하는 것처럼 보였다.

'와, 예리 누나. 진짜 예쁘긴 예쁘네.'

그녀의 외모 특징을 강조하는 색조화장과 왕녀 복장이 그녀의 외모를 한층 더 돋보이게 했다. 여왕 컨셉을 제대로 잡고 찍어선지 그녀 주위로 독특한 분위기도 흐르고 있었다.

뭔가 있어 보이는 '신비감'이라고 해야 할까. 이 특유의 아우라는 예리가 하늘나라에서 강림한 천상의 선녀같이 보이게끔 했다. 이에, 신은 역시 연예인은 뭔가 달라도 다르다고 중얼거렸다.

'근데 외모가 함정이다.'

외모는 인형처럼 예쁘면서 예리의 성격은 제법 털털했다.

'역시 사람은 알고 봐야 한다니까.'

사실 이 주예리의 반전 매력은 그녀의 팬이나 알만한 사람들은 아는 그녀의 독특한 색깔이었다. 하나, 얼마 전까지만 해도 예리에 대해 잘 몰랐던 신이었으니 그녀가 외모와 영 다른 성격을 지닌 게 뜻밖이라고 생각할 만도 했다.

사실 제작진이 이런 이유로 화란 공주 역으로 주예리를 뽑은 것이기도 했다.

어여쁜 인상이면서 외모와 어울리지 않는 강한 인물상을 보여줘야 했기 때문이었다.

잠시 후, 신은 버스에 올라타 집으로 향하기 시작했다.

'광고 진짜 대대적으로 했네.'

바람의 공주 광고는 버스나 지하철같이 대중교통에서

만 볼 수 있는 게 아니었다. 거리 한복판에 높이 세워진 고층 빌딩 대형 브라운관에서도 심심치 않게 볼 수 있었다. 이 때문에 일각에서 〈바람의 공주〉가 검을 빼 들었다고 했다.

물론, 〈태양의 군주〉 쪽도 만만치 않았다. 대형 포털 사이트에 광고하기도 하는 등 SNS 서비스를 적극적으로 활용하며 맞불 작전을 놓았다. 두 드라마에 대한 기대감이 지대하게 늘어나면서 네티즌들은 과연 어떤 드라마가 재밌을까 하고 설전을 벌이기도 했다.

신은 인터넷 애플리케이션을 실행하여 바람의 공주와 관련된 반응을 바라보았다.

'2차 예고편도 사람들 반응이 정말 좋네.'

관심을 못 받으면 걱정했었는데 괜한 걱정이나 싶었다.

'관심을 끄는 데 성공해서 다행이다.'

광고도 광고지만 사실 가장 중요한 건 냄비 속 알맹이인 내용물이었다. 아무리 광고가 훌륭해도 이 알맹이가 보잘것없으면 사람들은 실망하고 떠나가니 말이다. 재미없으면 사람들은 보지 않는다. 이는 콘텐츠 시장에서 아주 간단한 진리다.

또, 까보기 전까지 대박인지 쪽박인지 모른다. 작품이 대박을 내거나 쪽박을 차는지 정확하게 알 수 있는 건 이 냄비 뚜껑을 까봤을 때다.

'바람의 공주가 얼마나 선전할지 모르지만, 제발 잘 풀리면 좋겠다.'

〈바람의 공주〉는 신에게는 처녀작품이기도 했으니 드라마에 대한 애정도 각별했다.

'게다가 최선을 다해 찍었으니까.'

고생한 건 신만이 아니었다. 촬영 스태프들 각본을 쓴 조 작가도 오 PD도 다 함께 고생했다. 이처럼 모두의 노력과 땀이 들어간 작품인데, 시청률이 저조하면 정말 슬플 거 같았다.

'시청률로 작품의 가치를 평가할 수 없어. 대중성에 논할 수 있을 뿐이지.'

신은 이렇게 생각하며 시청률이라는 조악한 수치에 신경 쓰지 않으려고 했다. 하나, 사람인 이상 이런 것에 신경 쓰기 마련이었다. 시청률이 어떻게 나올까 하는 생각에 신은 가슴이 조마조마했다.

'후……'

이런 흥분과 설렘 그리고 불안감을 뒤로하고, 신은 이날 저녁 수연과 함께 드라마를 시청하기로 했다. 팝콘까지 준비하고 드라마가 방영되기를 기다렸다. 밤 아홉 시가 되고 열 시에 다다르는 이때, 신의 폰이 울렸다.

'뭐지.'

폰 화면을 바라보니 문자가 와 있었다.

'예리 누나가 보낸 문자네.'

예리와 개인 연락 번호를 교환한 이후로 처음 받아보는 문자였다.

사실 신도 그녀에게 몇 번 보내려고 하긴 했다.

근데 막상 보내려고 하니 선뜻 용기가 나지 않았다.

그녀가 문자를 무시하지 않을까 하고 걱정된 것이다.

솔직히 이런 생각을 하는 게 신답지 않은 반응이었다.

신은 여태껏 다른 사람에게 관심과 사랑을 받아 이런 것에 고민을 딱히 하지 않았기 때문이었다.

'뭐지…….'

이때, 신은 가슴이 묘하게 뛰는 것을 느꼈다. 이는, 처음으로 느껴보는 생소한 감각이었다. 뭔가 설레고 기대되고……. 아무튼 이상했다.

〈야, 모하냐?〉

신은 그녀의 문자에 답장을 보냈다.

〈수연이 누나랑 드라마 보려고.〉

〈그래? 알겠어. 나도 드라마나 봐야지.〉

또, 그녀가 문자를 보냈다.

〈그리고 연락 좀 하지그래? 누나가 먼저 해야겠어?〉

신은 이 문자에 미소를 슬며시 지으며, '미안해 누나. 이제 자주자주 보낼게.' 라고 보냈다. 그러자 1초도 채 되지 않아 답장이 왔다. 칼같은 빠르기였다.

〈ㅎㅎ 그랭!〉

〈그나저나, 드라마 시청률이 어떻게 나올까 궁금하네.〉

〈뭐, 나도 잘 모르겠는데. 일단 보면서 이야기하자.〉

문자를 주고받는 이때, TV 광고가 끝나고 바람의 공주 1화가 상영되기 시작했다.

"오오…… 시작한다."

신과 수연은 TV 화면을 바라보았다. 잔잔한 배경음악이 내리깔리며 남자 성우가 세계관에 간략히 설명했다. 곧이어, 아역 배우들이 조금 나오다 즉위식에 오르게 된 화란 공주가 나타났다. 주예리였다.

수연은 감탄사를 내질렀다.

'진짜 예쁘다.'

그녀의 화려한 외모에 신 또한 눈길이 잠시 빼앗겼다.

"흠, 이거 시작이 꽤 좋은데."

"그래? 누나가 보기에 시청률 얼마나 나올 거 같아?"

수연은 드라마 광이라고 할 정도로 드라마를 좋아했다.

이제 고3이다 보니 드라마를 아예 끊었지만, 고2 중반까지만 해도 안 보는 드라마가 없을 정도였다.

아무튼, 그녀는 어릴 적부터 창작이나 예술에 관심이 많아 숱한 드라마와 영화나 뮤지컬 그리고 연극 공연을 접하면서 작품에 대한 높은 안목을 지니게 되었는데, 어느 순간부터 작품을 보면 작품의 견적을 바라볼 수 있게 되었다.

그러다 수연은 작품이 얻을 성적을 예상하기 시작했는데 놀라운 게 수연이 생각하는 성적기대치가 열에 여덟 아홉 정도로 적중한다는 것이었다. 수연은 작품 성적 족집게였다.

　"글쎄, 한 15% 나오지 않을까……?"

　수연이 예상하는 시청률에 신은 실망했다.

　요즘 같은 추세에 15%라면 높은 성적이기는 했다.

　그러나 시청률이 더 높게 나와야 했다.

　"이제 출발이잖아. 그리고 드라마 이제 1화야. 시청률은 끝까지 가봐야 아는 거야."

　"그렇겠지?"

　이리저리 떠드는 사이, 장성한 서윤도가 활을 쏘는 장면이 나타났다.

　"어라, 너네."

　TV에 자신의 연기를 바라보는 건 확실히 이상했다. 덕분에 신은 얼굴이 화끈거리는 걸 느꼈다. 그래도 뿌듯했다.

　"나쁘지 않다. 아니 정말 좋다. 네 연기."

　이때, 화면 속의 신이 소리를 버럭 질렀다.

　- 그게 아니면 뭐!

　신이 불같이 화를 내는 모습에 수연은 몸을 움찔 떨었다. 정말 실감 난 연기이기 때문이었다.

그리고 화면 속 푸른 도복을 입고 있는 신은 중년 남자의 입에 귀를 대며 말했다.

– 자, 내 귀 똑바로 열고 있을 테니 다시 말해보시오. 이제 거리가 지척이니 말을 잘 들을 수 있겠지.

이때, 신이 내뱉는 숨소리는 가쁘고 거칠었다.

스피커에서 울리는 생생한 소리가 신의 감정을 선명하게 전달했다.

잠시 후, 몸을 개구리처럼 엎드려 두려움에 벌벌 떠는 신하 한 명이 저 스스로 뺨을 때리기 시작했다.

'신의 새로운 면모를 알게 되는 거 같아……'

그녀는 멍한 표정을 짓다 신을 바라보았다.

"그나저나 악역이라니."

"왜?"

"몰라서 물어? 배역이 얼마나 중요한데. 배역 이미지가 배우 이미지를 결정하기도 해. 서윤도라는 이름 이제 너한테 꼬리표처럼 따라붙을걸."

신이 시큰둥하게 말했다.

"이미지 변신하면 되지."

"말이야 쉽지. 그게 얼마나 어려운데. 이미지 변신 못 하는 배우들 얼마나 많은데. 더군다나 사람들에게 강렬한 인상 남기면 이미지 변신 더 힘들어. 배역 맡는 거 이미지 고려해서 신중히 결정해야 한다고. 아무거나 잡으면 안 돼."

"에이, 그건 내가 알아서 할 테니까 걱정 마."

수연은 다시 화면을 바라보았다.

'한 17% 나오겠는데……'

이후, 스토리 진행은 군더더기 없이 빨랐다.

수연은 이야기가 진행되면 될수록 드라마에 빨려드는 걸 느꼈다.

'엄청나다, 이 드라마……'

한편, 수연이 중점적으로 본 건 장면이 유기적으로 잘 이어지는지였다.

'시간을 어떻게든 채우려고 하는 의미 없는 신도 없고.'

분량 늘리기가 없는 의미 있는 장면들이 꽉 채우고 있었다.

'이러니 이야기 구성이 탄탄해 보이고, 이 구성에 녹아 있는 인물들이 살아나고 감정이 살아나네. 작품 중심도 확 살아나잖아.'

수연은 확신했다.

'시청률 19%에서 20% 나오겠다.'

그러던 이때, 이야기의 흐름이 매우 빠르게 흐르기 시작했다.

자객들에게 위협받는 화란 공주와 서윤도의 장면이 겹쳐지기 시작했다.

화면 속 신은 모든 자객을 다 해치우고는 검 끝을 바닥에 질질 끌다 움직임을 멈췄다. 그리고는 휘황찬란하게 떠오른 만월을 바라보며 중얼거렸다.

- 달빛이 시리군.

기녀 화월이 바라보는 시점에서 짐승 서윤도가 드러났다. 서윤도는 온몸이 피로 물들어 있었는데, 달빛은 아름답게 빛나고 있었다. 극명하게 대조적이었다. 한데, 이 대조되는 게 너무 잘 어울렸다. 퇴폐적인 분위기가 물씬 풍긴다고 해야 할까.

이때, 신이 달빛같이 시린 미소를 지으며 집게손가락을 입으로 가져다 댔다.

장면이 정적으로 멎었다.

아무 말도 없었다.

별다른 동작도 없었다.

한데, 이 침묵, 고요한 외침은 너무나도 많은 걸 말해주고 있었다.

어떠한 미사여구도 어떠한 백 마디의 말도 이 고요하면서도 정적인 울림보다도 못했다.

'아……'

수연은 숨이 막히는 걸 느꼈다.

아니, 숨을 내쉴 수 없었다.

그러던 이때 서윤도가 부하의 보고를 받았다.

- 앞으로 이 화국에 재밌는 일이 벌어질 게 분명해. 이 서윤도의 목을 노린 것을 보면 말이지.

신의 입가에 잔혹한 미소가 맺혔다.

거대한 앞일을 예고하는 듯한 미소면서 앞일을 기대하는 미소이기도 했다.

"곧, 전란의 소용돌이가 다가오겠구나."

이렇게 1화가 끝나는 순간 수연은 속으로 중얼거렸다.

'23.5%.'

방송 1회가 끝난 이 날 밤, 김윤희 PD는 싱글벙글하며 시청률 보고를 받았다.

시청률은 23.9%. 대박이었다.

'꽤 괜찮은 출발이잖아.'

한편, 시청자 게시판에 사람들이 글을 미친 듯이 쓰기 시작했다.

주제는 서윤도였다.

방송국 직원은 시청자 게시판이 요동치는 걸 보고 싱글벙글하는 미소를 지었다. 그리고 시청자 피드백 중 일부를 재빨리 출력하여 김윤희 PD에게 가져다주었다.

"PD님! 반응 진짜 대박이에요. 다들 미친 거 같아요!"

"어디 봐요."

김윤희는 호들갑 뜨는 여직원에게서 시청자 피드백을 받고는 훑어보았다.

......

1390. 대박 [마지막 소름이 쫙……~!] [2] [HIT 89] [작성일자 22 : 59]

1389. 짐승남 [서윤도 연기한 사람 누구죠? 신인인가요?] [2] [HIT 150] [작성일자 22 : 58]

1388. 서윤도짱짱 [마지막 서윤도 연기 진짜 지렸음] [4] [HIT 230] [작성일자 22 : 58]

......

......

1200. 준이맘 [우리 준이 서윤도 연기보고 울었습니다.] [6] [HIT 580] [작성일자 22 : 21]

......

1189. 예리언니팬 [아무래도 이거 주인공이 바뀐 거 같은데요.] [15] [HIT 870] [작성일자 22 : 20]

1188. 바공러브 [서윤도 걍 나쁜 놈인 줄 알았는데 매력적임.] [9] [HIT 600] [작성일자 22 : 20]

......

750. 안봐도뻔함 바공 태양의 군주한테 개발릴듯ㅋㅋㅋㅋ [40] 2,345 21 : 20

......

350. 추천부탁 [내 장담하는데 바람의 공주 망할 듯.]

[35] [HIT 1,567] [작성일자 20 : 45]

   349. 드라마망함 [죄다 호평하는 게 다 알바로보인다
ㅋ] [20] [HIT 1,357] [작성일자 20 : 42]

   ......

   240 닥본사 [드라마 기대되네요~! 시청률 대박나길]
[2] [HIT 250] [작성일자 17 : 25]

   [2015 - 4 - 20]

   소문난 잔치판에 많은 사람이 몰려왔으니, 으레 그렇듯
별별 사람도 있긴 마련이었다.

   '악의적인 반응도 있고, 날 선 반응도 있고.'

   그녀는 악의적인 의견은 크게 개의치 않기로 했다.

   어차피 모두를 만족하게 하는 작품은 있을 수 없으니
까.

   '이런 소수에 크게 신경 쓸 필요 없어.'

   그녀의 경험상 싫어할 사람들은 뭘 해도 싫어하게 되어
있었다.

   이런 사람들까지 포섭하느라 시간도 날리고 정신력을
소모할 바에 작품을 좋아해 주고 즐기는 대다수에 최대한
신경 쓰는 게 나았다.

   '대다수의 목소리에 기울여야지.'

   결국, 선택과 집중이다.

'상업콘텐츠에서 제일 중요한 건 첫째도 성적이고 둘째도 성적이야. 오로지 성적만이 모든 걸 말해주지.'

별별 소리가 나오건 말건 시청률로 콱 찍어 눌러주면 그만이다.

한편, 김윤희는 다음 페이지로 넘겨 시청자가 적은 내용을 바라보았다.

'이런 비판도 있구나.'

서윤도라는 인물이 양날의 검이란 게 주요 의견이었다.

'서윤도에게 시선이 쏠려서 다른 인물에게 집중이 잘 안 된다라……'

그녀는 슬며시 웃었다.

'연기를 실감 나게 하는 것도 문제긴 문제야.'

다행히도 사람들의 의견은 대체로 이랬다. 서윤도라는 매력적인 악역 덕분에 인물의 개성이 살아나고 각 인물이 생생히 살아 숨 쉬는 것처럼 느껴진다는 것이었다. 이렇다 보니 작품에 대단히 잘 몰입된다는 의견도 많았다.

'사실 선과 악이 대립하는 구도에서 정말 중요한 관건은 악당에 있지.'

악당이 매력적이면 매력적일수록 주인공이라는 인물은 더더욱 살아나게 된다.

이런 점에서 본다면 악당은 주인공을 돋보이게 해주는 최고의 장치다.

물론 이때 너무 매력이 넘치는 악역이라면 문제가 된다.

사람들이 주인공이 아닌 악역을 응원하고 더 좋아하는 경우가 생길 수 있기 때문이었다.

이 균형은 작품에서 상당히 중요한 일이었다.

아무튼, 주연을 맡은 주예리의 연기는 신의 연기보다 뒤지지 않았다. 막상막하였다.

'어설픈 여배우였으면 서윤도라는 인물에게 먹혀버렸겠지.'

신이 역할을 잘 소화해내서 그런지, 화란공주가 이 서윤도라는 악역에 맞서 앞으로 어떤 행보를 펼칠지 기대된다는 사람들의 의견도 많았다.

'흐음.'

김윤희 PD는 건설적인 피드백 같은 경우 집필진에게 메일로 전달해주기로 했다.

앞으로 전개 그리고 결말에 시청자 의견은 중요한 지표가 될 수 있기 때문이었다.

물론 이건 어디까지나 참고사항이다.

펜대를 쥐고 있는 건 어디까지나 작가다.

이때, 방송국 직원들이 그녀에게 축하의 인사를 보냈다.

"PD님 정말 축하합니다."

"축하해요."

"아직 일러요. 이제 시작이잖아요."

이렇게 말하면서 김윤희 PD는 속으로 후후하고 웃었다.

"P, PD님! 광고 문의가 쇄도해오고 있대요!"

밤인데도 이런 반응이다. 내일 낮이면 더 많이 들어올 테다.

'앞으로 엄청나게 들어오겠지.'

그녀는 기대에 부푼 마음으로 중얼거렸다.

'내일이 기대되네.'

그리고 다음 날, 신은 '자고 일어나보니 유명해져 있었다.'라는 말이 무엇인지 몸소 느낄 수 있었다. 평소의 여느 날처럼 버스를 타고 등교하려고 버스정류소에 줄을 서고 있는데, 신을 바라보는 사람들의 시선을 느낄 수 있기 때문이었다. 기분 탓이 아니었다.

신은 속으로 중얼거렸다.

'예리 누나 말대로 당당하게 행동해야지.'

이때, 신의 옆을 여러 번 쳐다보다 신에게 말을 걸어오는 사람이 있었다.

"저, 저기."

"네?"

"서윤도 아니에요?"

"아닌데요."

"어라, 아니에요?"

"네, 잘못 보셨겠죠."

"이상하다 분명히 맞는데."

신은 하하 웃으며 능청스레 대꾸했다.

"그 서윤도라는 사람이랑 많이 닮았나 봐요?"

이렇게 당당하게 나오니 신을 알아본 사람은 얼떨떨한 반응을 보였다.

'지, 진짜 아닌가?'

버스에 승차하여 버스 내부로 들어가자, 한 할머니가 신의 얼굴을 유심히 바라보고는 말했다.

"아이고, 이놈 나쁜 놈이다."

"네? 왜 제가 나쁜 놈이에요?"

"그 드라마에 나온 나쁜 놈이잖아."

"네?"

"으, 음. 학생이 그 나쁜 놈 아녀?"

"그게 무슨……?"

신이 정말로 모르는 뉘앙스를 풍기자 할머니는 신의 천연덕스러운 연기에 깜빡 속아 넘어갔다.

"하고, 내 눈이 이상한가. 아무튼, 학생 미안하이."

주위 사람도 신이 맞는지 아닌지 웅성거릴 뿐이었다.

"분명 바공 드라마 악역 맞는 거 같은데."

"그런데 아니라잖아."

"이상하네."

"근데 저렇게 말하는 거 보면 진짜 아닌 거 같기도 하고. 그냥 닮은 게 아닐까?"

"음, 아무래도 본인 맞는 거 같은데……."

신은 눈을 감고 귀에 이어폰을 꽂았다.

'아, 귀찮네.'

그래도 썩 싫은 기분이 드는 건 아니다.

솔직히 말해 남들에게 인정받는다는 걸 싫어하는 사람은 잘 없다.

사람에게 사회적으로 유명해지는 욕심이란 게 어느 정도 있기 때문이다.

더군다나 배우나 가수 같은 연예인에게 이 관심이란 건 생명과도 같은 것이었다. 관심이 없으면 연예인으로서 수명이 죽는 것이나 다름없다.

그렇다고 이 관심이 너무 치중되는 것도 문제다. 사생활에 지장이 가기 때문이다. 특히 가수의 경우 숙소까지 털어 버리는 사생 팬은 정말 골치 아픈 문제다.

그러나 대중의 관심과 화려한 스포트라이트를 받기로 한 이상 일상생활의 불편함은 어느 정도 감수해야 할 일이기도 했다.

그러는 한편, 이런 실랑이는 학교에서도 벌어졌다.

"신아! 드라마 잘 봤어!"

"무슨 드라마?"

"바람의 공주!"

"바람의 공주……? 나 출연 안 했는데."

신의 능청스러운 부정에 한 학생이 스마트폰으로 화면에 〈바람의 공주〉 출연자 이름을 보였다.

"자봐! 그럼 강신이라는 이름 뭔데?"

"동명이인이겠지."

"얼굴도 닮았는데?"

"응, 얼굴도 비슷한 도플갱어겠지."

"와, 거짓말할래?"

신은 한숨을 쉬며 말했다.

"미안……."

이때부터 신은 아이들에게 사인을 해주는 등 기념촬영을 해주기 시작했다. 한편, 이 소문은 교장의 귀까지 들어가게 되었고, 신은 교장과 단독으로 만나게 되었다.

"강신 군은 우리 학교의 커다란 자랑거리에요. 앞으로 강신 군의 활약 기대할게요! 허허허."

신은 하하 웃으며 속으로 중얼거렸다.

'내가 입원할 때는 꽃도 안 보낸 사람이…….'

이래서 사람은 출세해야 한다는 걸, 신은 뼈저리게 체감했다.

'좀 잘나가기만 해도 주위 대우가 확 달라지네……. 난

이런 계산적인 사람이 되지 말아야지.'

신은 교장 선생님과도 악수도 하고 기념촬영까지 하게
되었다.

한데, 정작 문제는 다음날이었다. 이날 방영된 바람의
공주 2화 시청률이 크게 터지고 만 것이다. 1화가 끝날 때
23.9%였던 시청률이 31.5%로 크게 껑충 뛰었다.

하루가 더 지나니 이제 신의 연기도 변명도 통하지 않
았다.

"서윤도네."

위의 대사는 정거장에서 마주쳤던 직장인 남자고, 아래
대사는 버스에서 마주쳤던 할머니의 대사였다.

"어제 그 나쁜 놈이다."

"아니라고요. 아니, 나 서윤도 아니라고요. 나쁜 놈 아
니라고요."

이건 약과였다.

신의 이동 경로가 사람들 사이에서 순식간에 퍼져, 인
근에 있는 여고 여학생들이 신을 따라왔다.

"꺄아아아악! 서윤도다. 서윤도다!"

"어제 했던 대사 외쳐줘!"

"가지지 못하면!"

"부숴버리고 싶거든!"

2화는 화란 공주가 서윤도를 거부하자 이에 화가 난

서윤도가 화란 공주에게 자신의 진실한 모습을 보여주는 대목이었다. 그리고 서윤도가 비릿하게 웃으면서 "가지지 못하면 부숴버리고 싶거든."라는 대사로 끝나는 게 2화의 말미였다.

"나도 부숴줘!"

이제는 광기까지 내보인다.

신은 이제는 에라 모르겠다 싶어 택시를 타고 학교로 이동하기로 했다.

'상황이 이래도 학교는 가야지.'

그리고 잠시 후.

학교 앞에 내리게 된 신은 저도 모르게 욕지거리를 내뱉었다.

"미친."

교문 위에는 대문짝 한 플래카드까지 걸려 있었다.

〈세일고의 자랑! 서윤도! 강신! 너무나도 자랑스럽다!〉

'아예 대놓고 광고하네……'

그냥 이대로 뒤돌아서서 집으로 돌아가고 싶었다.

할 수만 있다면 말이다.

'아…….'

한편, 조광우는 신이 난처해하는 게 무어가 그리 좋은지 웃을 뿐이었다.

"하, 쌤…… 쌤까지 이러기에요?"

"그게 아니라…… 오해다. 신아, 이 선생님은……. 크……
흡!"

신은 속으로 한숨을 내쉴 뿐이었다.

'하아…….'

당연하겠지만 수업은 정상적으로 이루어질 리가 없었
다. 전교생이 신을 보려고 몰려든 것이었다. 덕분에 신
은 학교에 두 시간도 있지 못하고 집으로 돌아가게 되었
다.

'말이 돌아가는 거지 그냥 쫓겨나는 거나 다름없지…….'

그리고 앞으로의 출결은 학교 측에서 신의 편의를 봐주
기로 했다. 일주일에 일정한 수업 시간만 채우면 나머지
는 학교서 처리해주겠다고 했다.

'다행이라면 다행이지만…….'

문제는 또 있었다. 신이 소속사가 없다는 걸 소속사들
이 알아차리고는 소속사들이 신에게 은근슬쩍 접촉해왔
다. 특히 촬영장은 소속사에서 찾아 온 이들의 모임 장소
였다.

'개인정보는 엿 먹어라 이건가.'

신이 소속사에 들지 않은 건 이유가 있었다.

어떤 소속사가 좋은지 잘 모르는 것도 있었고, 계약을
어떤 조건으로 해야 좋은 것인지 잘 몰랐기 때문이었다.

'선생님도 참…….'

이 소속사에 대해 조광우는 급하게 알아보지 말고 서서히 알아보라고 조언해주는 게 다였다. '너에게 맞는 소속사가 있을 거다.' 하면서 말이다.

당시로는 신의 자율을 존중해주는 거 같았는데, 지금와서 막상 생각해보니 너 알아서 하라는 무책임한 발언이었다.

'도움 되는 게 하나도 없어…….'

다행인 건 예리가 신에게 알맞으면서도 정말로 좋은 소속사를 수소문해서 알아봐 주겠다고 한 거다.

'이제 나도 벤 타고 매니저 둬야겠다.'

소속사의 필요성에 대해 더더욱 절감하게 된 신이었다.

한편, 신의 연기를 인상 깊게 본 네티즌들은 드라마 제목이 바람의 공주가 아닌 짐승 서윤도라고 바뀌어야 한다고 호들갑을 떨었다.

그리고.

KTS 방송국 국장은 이런 지시를 내렸다.

"방영 3주차에 들어서면 시청률이 40%는 거뜬히 넘을거 아니야! 회차 추가 편성하고! 서윤도 분량 더 늘려!"

이로써 신의 촬영분은 더 늘어나게 되었다.

오 PD는 신의 출연 부분이 더 늘어나게 되었다는 소식을 신을 만나 이야기해 주었다.

"원래 지금이 배우 교체가 이뤄질 시점이잖아요?"

"그렇지."

신의 분량이 늘어나게 된 게 국장의 지원도 이유겠지만, 제작진은 지금 시점에서 배우를 바꾸게 되면 시청자들의 원성이 어마어마하리라 예측했다.

"너도 알겠지만, 8회차에 배우들이 바뀌기로 되어 있지. 문제는 이거지. 딱 이때가 이야기가 본격적인 궤도에 오르고 물에 서서히 오르기 시작하는 때거든."

신은 단박에 그 이유를 이해했다.

"아하."

즉, 몰입하던 이 시점에서 배우를 바꾸면 시청자들이 위화감을 느낄 수도 있지 않을까 하고 제작진은 생각한 것이었다.

게다가 시청률도 잘 나온 마당에, 시청률을 끌어 올리는데 일조한 일등공신을 일찍 내리다가 제작진이나 방송사는 역풍을 맞게 될 테다.

이야기 특성상 배우 교체가 결정되어 있고, 이 배우 교체로 이상 시청자의 원성에 시달리게 될 게 틀림없었다.

이에 오 PD와 방송국 수뇌부는 어떻게 해야 이 역풍을 최소화할 수 있을지 고민했다.

"머리를 맞대본 결과 신이 네가 좀 더 나오는 편이 시청률 면에서도 더 좋지 않을까 하고 결론을 내렸다."

한편, 제작진은 예리와 우진의 연기에 대한 사람들의

반응도 꽤 후한 걸 보고 이 두 사람의 출연도 좀 더 늘리기로 했다.

이 세 사람이 만들어 낼 시너지 효과에 기대를 좀 더 걸기로 한 것이다.

"배역 하차는 너희 세 사람이 시청률을 좀 더 끌어 올리고 이야기가 중반부로 흐를 때인 대략 14회차나 16회차 사이에서 하기로 했다."

"그렇구나. 뭐, 전 상관없어요. 유종의 미를 거둬야죠."

"자식."

신은 어느새 믿을 수 있는 든든한 버팀목이 되었다. 뭐, 신이 믿을만한 배우라고 생각하지 않는 게 이상한 일이다. 몸이 그렇게나 아프면서도 혼신의 연기를 펼쳐냈으니 말이다.

"그보다 소속사 문제는 잘 되어 가니?"

"조만간 해결될 거 같아요. 예리 누나가 후보를 여러 개 추천해줬거든요."

"그래? 혹시 트리액터스라는 곳 있니?"

신은 예리가 구해다 준 종이를 뒤적거렸다.

"트리액터스요? 음, 보자…… 아, 있네요. 그런데 여기 좋아요?"

"회사 규모는 그리 크지 않은데 내실이 있는 곳이라고 해야 할까. 배우들을 신경 많이 써주지. 개성과 색도 존중

124 신의 연기 2

해주고."

"그럼 좋은 곳 아니에요?"

"음, 일감은 그리 물어다 주지 못해. 소속사 힘이 약하거든. 그래서 배우 본인이 직접 뛰어야 하는 것도 많고."

"아, 그렇구나."

"어디 보자. 내가 생각할 때 로만 소속사도 나쁘잔 않다고 보는구나."

신은 종이를 손가락으로 가리키는 오 PD를 바라보며 말했다.

"대형기획사잖아요? 노예 계약하려고 하는 거 아니에요?"

"아니, 로만은 그런 거 안 해. 철저한 능력주의다. 그 사람이 지닌 능력만큼 돈을 벌게 해주지."

"음⋯⋯."

"뭐, 그래서 부익부 빈익빈이 심하지. 참고로 말하자면 우진이도 그 소속사다."

"아, 그렇구나."

"역사가 있다 보니 노하우도 있고 경험도 있고 시스템이 잘 되어 있지."

"너무 빡빡하게 들리네요."

"여기도 자율은 존중해준다. 다만 능력이 있어야 가능하지."

"회사 방침이 능력 있는 이에게 이에 걸맞은 대우를 하겠다는 거네요."

"그렇지. 그렇다 보니 사람들이 다 노력한다고 해야 할까. 어쨌건 연예인이 되길 희망하는 이가 누구나 꿈꿔보는 회사가 바로 로만이다."

트리액터스도 끌리고 로만 쪽도 끌린다.

저마다 개성과 색이 있다고 해야 할까.

"음…… 이거 어렵네요."

오 PD는 슬며시 미소 지으며 말했다.

"천천히 생각해봐라. 두 회사 저마다 다른 스타일이 있으니까. 아무튼, 잠시 옆길로 샜는데 촬영에 들어가는 날 KTS 연예가 중계 리포터 한 명이 오기로 했으니 그리 알아두도록 해. 그리고 이건 참고로 말해주는 거지만 메이킹 필름을 특별 편성하여 방영할 예정이다."

"이야, 바람의 공주 제대로 밀어주네요."

이는 세 사람에게 거는 기대가 크다는 것이기도 했다.

"방송사도 먹고 살아야지."

'하긴 다 먹고 살자고 하는 짓이니.'

보통 일반적으로, 이러한 기대가 무겁고 부담이 되기도 하겠지만, 신은 혼절 이후 혼자가 아니라는 사실을 깨달았기에 부담감을 가지지 않았다.

'모두가 나에게 힘을 주니까.'

한편, 바람의 공주 제작진은 예리와 우진에게도 촬영분이 늘어나게 되었다는 소식을 전해주고 촬영 계획과 일정을 재조정하여 촬영에 곧장 돌입하기로 했다.

이러던 한편, 태양의 군주 성적이 나왔다. 1화는 시청률 24.4%를 기록하고 2화에서는 31.3%나 되는 기록을 세웠다.

'확실히 만만치 않구나.'

방영되는 요일 시간대가 다르니 경쟁 상대로 삼지 않아도 되는데 묘하게도 경쟁심이 생긴다.

신은 무엇보다 서효원이 신경 쓰였다.

'나랑 연기 스타일이 다르니까, 어떤 연기를 펼쳤을지 기대되네.'

신은 태양의 군주에서 서효원의 연기를 시간 날 때 한번 봐보기로 했다.

'거의 모든 걸 혼자서 이끌었다고 하던데…….'

태양의 군주는 바람의 공주와 달리 초점이 하나로 모이는 편이었다. 서효원이 강렬한 주축으로 하여 다른 배우들이 받쳐주는 형식이기 때문이었다. 그래서 중심이 확고히 서 있다고 해야 할까.

이런 중심 구조는 효과적이면서도 위험한 구조이기도 했다.

중심이 무너지면 모든 게 무너지기 때문이다.

한편, 태양의 군주에서 서효원의 연기에 대한 평은 힘 있으면서도 섬세하고, 치밀하면서도 자연스러운 연기로 시청자들의 마음을 흔들고 혼을 빼놓았다는 게 지배적이었다.

'참으로 대단한 연기를 펼쳤겠지.'

신은 이런 생각이 들기도 했다.

'서효원과 같이 연기해보고 싶다.'

한편, 언론에서는 바람의 공주와 태양의 군주 대결 구도로 몰아갔고, 시청자들도 인터넷에서 설전을 벌이기도 했다.

그러나 이 두 드라마 간에 우열을 가릴 수 없었다. 각기 다른 색과 분위기를 지니고 있기 때문이었다.

더군다나 이제 초반부다.

누가 이길지 판단하는 건 시기상조다.

1주차로는 바람의 공주가 우세하긴 했으나 2주차에서는 어떻게 될지 몰랐고 4주차 그리고 8주차에서는 어떤 양상이 펼칠지 몰랐다.

사람들은 촉각을 곤두세우고 어떤 판도가 펼쳐지게 될지 주목하기 시작했다.

한편, 매체와 사람들의 반응에 대처하는 두 방송사 KTS와 NBC의 태도는 달랐다. NBC는 긴장하는 상태였고 KTS 또한 경계하고 있었으나 여유로운 반응을 보였다.

그리고 촬영 당일.

배우와 스태프가 세트장에 모였고, 사람들은 서로에게 덕담을 한마디씩 나눴다.

"아이고, 윤 감독님. 고생 많이 하셨어요."

"에이, 모두가 고생했지. 아니, 배우들이 진짜 고생 많이 했지."

"겸손 하신 거 봐. 지난번 제 대신 대타 뛰어 주셨잖아요."

"뭘 그런 걸 가지고."

시청률이 잘 나와선지 사람들 얼굴에는 웃음꽃이 가실 일이 없었다.

"하하하!"

분위기도 화기애애한 분위기인지라 샴페인도 터뜨렸다.

그러던 이때, 오 PD가 축배를 들며 말했다.

"그동안 고생 많이 하셨습니다. 지금의 결과 모두가 힘써주셨기에 얻은 결과가 아닐까 합니다."

이 말에 좌중에서 휘파람과 함성이 터졌다.

"에이, 우리가 한 게 뭐 있어요."

"배우들이 다 했지!"

이때, 서윤도의 아버지 역을 맡은 이원이 주위를 둘러보며 말했다.

"이러지 말고 시청률 공신들한테 박수 쳐줍시다."

좌중의 눈길이 우진과 예리 그리고 신에게 쏠렸다. 짝짝하고 울리는 박수 소리에 세 사람은 감사하다는 인사를 사람들에게 전했다.

"열심히 하겠습니다!"

"감사합니다!"

"더더욱 실감 나는 연기하겠습니다!"

신의 말에 사람들이 왁자지껄 떠들었다.

"신이야, 넌 살살해도 돼."

"맞아! 우리 간 좀 그만 서늘하게 해라."

"그럼 시청률 떨어지지 않을까요?"

신의 맹랑한 농담에 사람들에게서 웃음이 터졌다.

"하하! 저 맹랑한 녀석."

"저렇게 한 방 먹이네. 재치있어."

이때, 오 PD가 말했다.

"모든 배우 그리고 스태프가 고생했지 않겠습니까. 다들 모두에게 박수 또 쳐줍시다."

이런 식으로 모두의 기를 살리는 게 좋다는 걸 오 PD는 잘 알고 있었다.

분위기가 흥분으로 부풀어 오르자 오 PD는 마지막 한 방을 날렸다.

"그리고 우리 모두 다 힘내서 태양을 서쪽으로 지게 합

130 신의
연기2

시다!"

"좋아요."

"힘냅시다!"

스태프와 배우 그리고 모든 이가 심기일전하며 큰소리로 외쳤다.

"건배!"

"건배!"

이러던 차에 KTS 연예가 중계에서 주연 배우들을 인터뷰하기 위해 찾아왔다.

촬영장에 도착한 차량에서 사람들이 내리고, 한 여인이 바람의 공주 촬영진을 향해 인사했다.

"안녕하세요, 연예가 중계에서 나왔습니다."

"여, 간만이야."

"오 PD님 정말 오랜만이에요! 그동안 잘 지내셨는지 신수가 다르신 대요? 더 잘생겨지셨어요."

"하하, 말이라도 참 고맙군. 그보다 우리 촬영하는 것도 찍을 거지?"

"당연히 그래야죠! 김 감독님!"

여인의 부름에 한 남자가 알겠다는 사인을 보냈다. 그리고 오 PD가 연예가 중계 촬영 감독 김 감독과 이야기를 나누는 사이, 리포터는 신과 우진 그리고 예리를 바라보며 방긋 웃으며 말했다.

"우진 씨 안녕하세요. 그보다 예리 씨와는 얼마 지나지 않아 이리 보네요."

"반가워요, 언니."

두 여인은 서로 안고는 무어가 그리 좋은지 웃음을 깔깔하고 내뱉었다.

우진과 신은 '왜 저러지.' 하는 표정으로 두 사람을 바라보았다. 이때 정유미가 신을 향해 말했다.

"아 참, 강신 씨는 저 처음이시죠? 전 정유미라고 합니다."

정유미는 재치있는 언변과 능숙한 진행으로 배우들과의 인터뷰를 잘 뽑아내서 연예가 중계 시청자들에게 사랑받는 리포터이기도 했고, 웬만한 연예인들은 그녀의 인터뷰를 다 한 번씩 거쳐서 인터뷰의 여왕이라고 불리기도 했다.

"안녕하세요!"

신은 고개를 꾸벅하고 인사했다. 그녀는 미소를 슬며시 지었다.

"그 소문의 서윤도가 제 눈앞에 있다니 이거 영광이네요. 연기를 정말로 잘해서 꼭 만나보고 싶었어요."

"에이, 연기 잘 못 해요. 형과 누나가 절 하드 캐리 해주셔서 그런 거죠."

우진과 예리는 어이없다는 듯 신을 바라보았다.

누가 누구보고 연기를 잘 못 한다고 하는 것인지 이해할 수 없었다.

전교 1등이 '나 공부 못해요.' 라는 망언을 보는 것 같은 망언이라고 해야 할까.

'으, 오늘따라 무척 얄밉네.'

'그러게.'

이때 정유미가 웃음을 터뜨렸다.

"호호홋! 겸손하셔라. 내 정신 좀 봐! 이건 대본이에요."

그녀는 가방에서 조그마한 책자를 꺼내 세 사람에게 나눠 주었다.

"대본은 저희 쪽에서 준비해왔으니 한번 읽어봐 주세요. 그냥 참고에요. 이런 질문이 나간다고 생각하시면 돼요. 편안하게 자연스럽게 가야 하니까요."

인터뷰도 즉석 인터뷰가 아닌 이상 사전에 합을 맞춰봐야 했다. 이래야 말이 엇갈리지 않으니 말이다.

이러던 차에 연예가 중계 촬영 팀이 분주히 움직이며 세팅을 거의 끝마쳤다.

한편, 세 사람은 의상을 입은 상태에서 인터뷰하기로 했다. 인터뷰를 마치고 나면 촬영에 곧바로 들어가기 때문이었다.

잠시 후, 세 사람은 간이 의자에 앉고 옷매무새를 정리

했고, 정유미 또한 자신의 상태를 확인하고 손거울로 메이크업에 이상이 없는지 확인했다. 이때, 마이크를 담당하는 스태프가 마이크가 잘 장착되어 있는지 확인했고 마이크가 잘 작동하는지 간단한 검사를 했다.

촬영 감독이 카메라로 네 사람이 화면에 잘 나오는지 확인하고는 외쳤다.

"이제 곧 시작합니다."

감독이 손가락 세 개를 내밀자, 스태프 하나가 슬레이트를 들고 중간에 섰다. 카메라는 정유미를 바라보고 있어 스태프는 카메라에 담기지 않았다.

"스탠바이! 큐!"

"네, 안녕하세요. 정유미입니다! 전 지금 현장에 나와 있는데요. 여기 있는 세트장은 요즘 한창 화제를 몰고 있는 바람의 공주 촬영지입니다."

정유리가 주위를 바라보며 호들갑을 떨었다.

"지금 흥분됩니다. 왜냐하면, 바람의 공주를 이끄는 세 주역이 제 눈앞에 있기 때문이죠! 안녕하세요!"

그녀의 말에 세 사람이 다 같이 인사했다.

"안녕하세요."

이때, 그녀가 발을 동동 구르며 말했다.

"저 정말 미치겠어요. 여심을 뒤흔든 두 짐승남이 여기에 있거든요. 오늘 사심이 섞인 방송을 해야겠어요. 예리

씨 미안한데 이해해주실 수 있으신가요?"

"당연히 이해해드려야죠."

주예리는 웃으며 어금니를 꽉 깨물었다.

"어머머, 발끈하시는 거 봐. 이 드라마의 주인공은 주예리 씨죠. 제가 이성을 잃은 거 시청자 여러분도 이해해주시길 바랄게요."

정유미는 웃으며 화제를 자연스럽게 유도했다.

"그럼 자기소개와 배역에 관한 이야기를 해주시죠!"

세 사람은 차례로 자기소개를 간단히 하고는 자신이 맡은 배역에 간단히 이야기했다. 곧이어, 촬영 중에서 생겼던 에피소드에 대해 중점적으로 다뤘다. 바람의 공주에 관심을 가지거나 열광하는 팬이라면 혹할 만한 이야기들이었다.

"그런데 말이에요, 강신 씨. 그 자객들과의 대결에서 화살을 잡아내시잖아요. 그게 손으로 직접 잡아낸 거라고 하던데 진짠가요?"

"그게……."

신이 설명하자 정유미가 감탄사를 중간에 지르는 등 우진과 예리의 적극적인 참여도 유도했다.

한편, 혼절에 관한 언급은 없었다. 아직 방영되지 않은 내용인 데다, 방송국은 지금 당장 이 정도의 이야기로도 사람들의 이목을 끌 수 있다고 판단한 것이다. 이후, 몇몇 질문과 답이 정유미와 세 사람 사이에서 오갔다.

"강신 씨, 2화 끝에서 외친 대사 좀 해주시겠어요?"

2초에서 3초 정도 되는 시간에 신이 순식간에 감정을 잡고 정유미의 요구를 완전히 소화해냈다. 이에 정유미는 물론 카메라 감독도 깜짝 놀라 잠시 싸늘한 정적이 장내에 휘감기까지 했다.

이후, 정유미가 "오늘 정말 재밌게 듣고 가네요. 정말 멋진 인터뷰였습니다!"라고 마무리 멘트를 하면서 세 사람에게 시청자들에게 하고 싶은 말을 해달라고 부탁했다.

"바람의 공주 많이, 많이 사랑해주세요!"

감독의 사인이 촬영이 끝났다는 걸 알렸다.

"OK! 수고 많았어요."

인터뷰 촬영이 성황리에 끝나고 서로가 간단한 인사를 나눴다. 잠시 후, 연예가 중계 촬영 팀 중 몇몇 카메라 맨이 세트장 곳곳을 촬영하기 시작했고, 카메라 맨 한 명씩 신과 예리 우진을 담당하기로 했다.

이 셋이 연기하는 장면을 카메라에 담아내려는 건 현장 특유의 생생한 느낌을 아무런 여과 없이 시청자에게 전달하기 위해서였다.

신은 뒤따르는 카메라를 뒤로 두고 잠시 대기하기로 했다. 이때, 메이크업팀이 신의 메이크업 상태를 꼼꼼히 점검했고, 신은 대본을 바라다보고 있었다.

'인물이 느끼고 생각하는 걸, 어느 점에 강조해야 할 까.'

정말로 고민되는 문제다. 어떻게 강조하느냐에 따라 같은 대사라도 분위기와 감정이 확 달라지니 말이다.

한편, 연호랑과의 대결 이후 이야기는 이렇게 흘러간다. 서윤도는 거의 죽을 뻔하지만, 부하의 도움으로 살아나게 된다. 한데, 서윤도는 위기에 봉착하고 만다. 비밀세력이 서윤도를 죽이기로 한 것이다.

부하는 서윤도를 살리기 위해 강이 흐르는 절벽 아래로 떨어트리고, 서윤도는 천우신조로 기녀 화월에게 발견되면서 목숨을 간신히 부지하게 된다.

그리고 극진한 그녀의 간호 속에서 서윤도는 깨어나지만, 기억을 그만 잃고 만다. 한편, 비밀 세력은 서윤도를 끝까지 쫓기로 한다. 서윤도 시체를 발견하지 못하는 이상 그들로서는 안심할 수 없기 때문이었다.

화월은 서윤도와 함께하는 나날들이 그저 행복하기만하다. 이대로 영원히 함께하면 소원이 없겠다 싶기도 하고…… 그녀는 서윤도가 누군지 서윤도에게 알려주지 않고 서윤도가 생존해 있다는 걸 외부에 알리지 않는다. 그녀는 외부에 어떤 이도 믿을 수 없다고 생각한 것이다.

이러던 차에 화란공주는 선왕이 지닌 비밀을 알아내고 서윤도가 그리 나쁜 사람이 아니란 걸 알게 된다. 이에,

마음이 흔들리게 된 화란 공주는 돌아오지 않는 서윤도를 걱정하게 된다.

한편, 화국은 발칵 뒤집힌 상태다. 연호랑의 군세와 부딪힌 서가의 군세가 돌아와 이런저런 보고를 한 것이다. 연호랑이 서윤도를 죽였다는 소식에 서진도는 이를 부득부득 갈며 아들에 대한 복수를 다짐한다.

이에, 화란 공주는 서윤도가 어떻게 되었는지 확인하기 위해 국경지대로 향하기로 한다.

이제 신이 촬영할 부분이 화란 공주와 극적으로 만나게 되는 장면이었다.

기억을 잃은 채로 말이다.

지금 이 장면을 찍어두는 건 시청자들을 위한 달콤한 서비스 컷을 제공하기 위해서다.

그리고 이 서비스 컷은 오직 연예가 중계에서만 독점으로 방영하기로 했다.

화제 몰이를 위해서다.

한편, 신은 기억을 잃은 인물이 되어보기로 했다.

'서윤도라면…….'

즉, 그 상황에 부닥친 인물이 되어 그 인물이 느끼는 생각과 마음을 상상하는 것이었다.

신은 이미 이 대본에 있는 상황과 대사를 모두 기억하고 파악하고 있으면서도 대사를 곱씹고 또 곱씹었다.

신이 연기에 열중하는 모습이 카메라에 담기고 있었으나 신은 신경 쓰지도 않았다. 그저 배역에 집중할 뿐이었다.

"준비하세요!"

그리고 사람들이 분주히 움직이는 속에서 촬영할 시간이 서서히 다가왔다.

"어서어서 준비 끝내자고!"

모두가 촉각을 곤두세우기 시작했다.

촬영 때만큼 긴장 날 때가 따로 없다. 언제 어느 때에 무슨 상황이 벌어지기 모르기 때문이다. 어쩔 수 없는 상황이 벌어지면 정말로 어쩔 수 없지만, 줄일 수 있는 실수는 사전에 똑바로 해서 줄이는 게 나았다.

이때, 모니터 감독이 소리를 고래고래 질렀다.

"앵글에 바레 조심해야지. 마이크 보이잖아! 지금 현대물 찍을 거야?"

"죄송합니다!"

그리고 잠시 후.

스탠바이가 완료되었다.

"레디! 액션!"

슬레이트가 탁 부딪쳤다.

스크립터가 스크린을 바라보며 스크립트(*각본)대로 촬영이 이루어지는지 기록하기 시작했다. 이 밖에도 연출,

연기 등 촬영현장에 상세한 것들을 작업 일지에 기재하기 시작했다. 전체 촬영에 통일을 기하기 위해서였다.

카메라가 불에 타다 남은 허허벌판을 찍는데 어디선가 말발굽이 울리는 소리가 났다.

두두두두!

이 말발굽 소리는 서서히 가까워져 오고 있었다.

카메라 스크린에 흰 말에 탄 한 여인이 모습을 나타냈다.

주예리였다.

푸히이이잉!

그녀는 투레질을 내뱉는 말을 진정시키고는 주위를 두리번거렸다.

"없어…… 없구나……."

예리는 입술을 살짝 깨물었다.

"어딨느냐…… 서윤도."

이때 대사를 내뱉는 그녀의 말에는 힘이 없었다. 끝에 서윤도라는 이름을 내뱉을 때 누군가의 귀에 조그맣게 속삭이는 듯이 읊조렸다. 이러니 실망하면서도 초조해 하는 화란 공주의 마음이 생생히 그려졌다.

한편, 신은 얼굴 한쪽을 붕대로 가린 채로 숲 속을 거닐고 있었다.

카메라 한 대가 신의 뒤를 따라가며 찍고 있었는데, 신은 발걸음을 이리저리 비틀거리고 있었다. 몸의 균형을 잘 잡지 못했으나 신은 바닥에 주저앉지 않았다. 또, 숨을 헉헉 내뱉는 게 정처 없이 헤매는 거 같았고, 주위를 계속해서 둘러보니 시선이 자꾸만 분산되었다.

지금의 신은 불안장애라도 걸린 것처럼 어딘가 불안해 보였다.

"누구……지?"

신은 이때 눈을 질근 감으며 고개를 살짝 가로저었다.

어떤 기억이 되돌아오는 듯했다.

"……큭!"

그러나 떠오르지 않았다.

이때, 신은 어딘가 살짝 멍한 동공으로 중얼거렸다.

"난 도대체 누구지……?"

흐릿흐릿한 기억의 끈을 붙잡고 기억을 떠올리려고 했으나 도통 떠오르지 않자, 신은 웃음을 슬며시 흘렸다. 뭔가 자포자기한 미소였다.

"후후……."

아무리 기억을 잃어도 서윤도는 서윤도다.

그 성격이, 그 인물됨이 어디 갈 리 없었다.

"눈 병신에 기억까지 잃었다라…… 도대체 뭘 했길래 너는 이리된 것이냐."

헤드폰으로 신의 음성을 듣던 오 PD는 중얼거렸다.

'힘을 빼면서 일상적인 대화를 툭툭 내뱉는 듯이 하는군.'

혼절한 이후, 신의 연기는 달라졌다.

뭔가 새로운 세상에 눈뜬 거 같다고 해야 할까.

'녀석……'

또, 오 PD는 신이 연기할 때 자신만의 답을 찾아가려는 고뇌와 갈등을 느낄 수도 있었다.

이전보다 성숙했다고 해야 할까.

'표현해내는 감정의 농밀함이 깊어졌어.'

카메라가 담아내는 신의 얼굴에 자꾸 시선이 갔다. 오 PD는 문득 신이 자기 자신을 진정으로 나타내는 연기를 카메라로 담아내 보고 싶다는 생각이 들었다.

신 스스로 정말로 화가 날 때는, 슬플 때는, 정말 힘들어할 때는 어떤 표정을 지을 것이며, 소리는 어떻게 낼 것이며, 호흡은 어떻게 내쉴지, 또, 감정은 어떻게 잡을 것이며 나아가 이를 어떻게 표현할지 말이다.

'몸짓으로서의 '언어'와 '울림'……'

오 PD가 이런 생각을 하는 건 신이 쓰러진 직후 이강우라는 남자에게서 신의 가정사에 대해 듣게 된 것에 있었다.

이때, 오 PD는 신이 아픈 와중에도 왜 그리도 연기에 집착했는지 조금은 알 듯했다.

'트라우마……'

어머니가 돌아가실 때 신은 정신적인 상처를 입었다. 마음의 문을 닫기까지 했다. 어쩌면 지금의 신은 애써 아무렇지 않아 하는 것일지도 몰랐다.

'저 아이에게서 느꼈던 슬픔과 고독의 정체가 트라우마와 관련 있겠지.'

상실감과 상처. 어쩌면 신은 배역이라는 가면을 쓰고 배역의 감정과 삶을 체험하면서 진정한 자기 자신을 찾아가는 것인지도 몰랐다. 그렇기에 신에게 연기란 건 자신의 정체성을 찾아 떠나는 여정과도 같은 걸지도 몰랐다.

'너의 성장이 기대되는구나.'

오 PD는 신이 저 자신을 둘러싼 알껍데기를 완전히 깨고 나면 어떤 연기를 펼칠지 참으로 기대되었다.

그러던 이때, 장면의 분위기가 긴박하게 변하기 시작했다. 검은 옷을 입은 자객 다섯이 화란 공주 앞에 나타난 것이다.

'어떻게 내가 있는 곳을……'

그녀는 서윤도를 찾기 위해 말에서 내린 상황. 한데, 이때 말이 울음소리를 토해내며 다른 곳으로 뛰어가기 시작했다.

푸히이이이잉!

예리는 어이가 없는 표정으로 이미 저만치 뛰어가는 말을 바라보았다. 어쨌건 이로써 그녀의 도망칠 수단은 사라지고 만 것이다. 상황은 최악이었다. 그러던 이때, 검은 옷을 입은 자객들이 그녀 주위를 에둘러 싸며 그녀에게 서서히 다가갔다.

뒤로 물러나는 거 말고는 도망칠 곳은 없었다.

예리는 목소리를 내리깔며 말했다.

"네놈들은 누구냐."

대답은 없었다.

이때, 자객들이 검집에서 검을 꺼내기 시작했다.

"네놈들은 지금 감히 누구에게 검을 겨누고 있는지 아느냐?"

이들 옆에 있는 카메라가 그 딱딱한 표정과 싸늘한 눈동자로 자객들을 바라보는 주예리의 얼굴을 잡아냈다.

이때였다. 자객 중 한 명이 검을 사선 방향으로 휘둘렀다.

하나, 이에 순순히 당해줄 화란 공주가 아니었다.

그녀는 발걸음을 옆으로 내뻗으면서 자객의 공격을 피했다.

"어디 순순히 당해줄 줄 알고?"

그리고 그녀는 자객의 낭심 쪽을 후려 찼다. 이에, 자객은 억 하는 신음을 내뱉었다. 강렬한 충격에 몸을 움직일 수 없어서 그 자리에서 굳고 말았다. 이때, 검을 쥔 남자의 손이 풀리며 검이 아래로 떨어지면서 남자도 자리에 풀썩 주저앉았다.

실제로는 아무런 고통도 받지 않았는데 그는 아픈 연기를 잘 표현해냈다. 이에 자객들은 저도 모르게 몸을 움찔 떨었다.

자객들을 바라보는 예리의 눈빛은 어두웠다.

'호위무사가 이곳에 올 때까지 버티면 된다.'

그녀는 자신의 몸을 지키는 호신술 몇 개는 익혀두고 있었다. 그러나 이 기술들로 이들 모두를 상대하기에 역부족이었다.

그러던 이때, 익숙한 목소리가 자객의 뒤쪽에서 울렸다.

"왜 대낮부터 힘없는 아녀자를 핍박하고 있소?"

그녀의 시선이 목소리가 울리는 쪽으로 향했고, 자객들은 몸을 돌려 뒤쪽을 바라보았다. 그러자 자객들 뒤에 가려있던 신의 모습이 드러났다.

예리는 믿기 힘든 표정으로 중얼거렸다.

"서윤도……?"

자객들은 서윤도가 살아있다는 걸 직접 마주하게 되자 당황하게 되었다. 그것도 잠시, 자객들은 신을 향해 달려들었다.

"갑자기 왜 공격을……!"

신은 황급하게 말하였으나 이들에게 기다림이란 없었다. 이에, 신은 어떻게 해야 하나 싶었다. 기억을 잃은 서윤도는 싸우는 방법을 모르니 상대하지 못하는 게 정상이니까. 한데, 자객의 동작에 신은 저도 모르게 반응했다.

비록 머리로는 어떻게 싸워야 하는지 모르겠으나 몸은 어떻게 싸워야 할지 알고 있는 것이었다.

곧이어, 서윤도가 된 신은 자객들을 하나하나 상대해 나가기 시작했다.

신이 펼쳐내는 동작은 이전의 서윤도를 묘사하는 것과 다르게 동작이 크고 거칠었다. 그래도 서윤도는 역시 서윤도였다. 본 무력의 반도 회복하지 못했는데도 자객들을 땅에 드러눕힌 것이다.

신의 상태도 온전치 않았다. 다리가 후들거렸고, 손도 잘게 떨고 있었다. 이때, 신은 횡격막 밑 배 아래에서 호흡을 내쉰다는 느낌보다 흉부 쪽에서 숨을 내쉰다는 느낌으로 호흡을 짧게 가졌다. 그러자 가슴이 부풀어 올랐다. 이러니 숨을 내쉬는 게 정말 힘겨워하는 것처럼 보였다.

"후우…… 후우……."

숨을 여러 차례 가쁘게 내쉰 신은 장내에 쓰러진 자객들을 바라보았다.

"난……."

신은 신을 향해 말하는 예리와 눈을 마주쳤다.

한데, 신을 바라보는 그녀의 눈동자가 흔들거리고 있었다.

"난 너를 이해할 수가 없구나. 어떨 때는 짐승같이 흉포하고 어떨 때는 이렇게……. 아니, 난 무엇이 너의 진짜 모습인지 모르겠구나."

그녀는 신에게 다가가 신의 얼굴 곳곳을 바라보고는 속상하다는 어투로 신의 얼굴을 어루만졌다.

"그보다 어째서 이렇게 다친 게야."

신은 잠시 움찔거렸으나 그녀의 손길을 순순히 받아들이기로 했다. 손가락이 얼굴에 닿자 촉감이 느껴지고, 체온이 느껴졌다. 예리도 이랬다. 서로의 감각이 통하자 예리와 신은 서로가 서로에게 통한다는 걸 느꼈다. 바로 마음과 마음이 통하는 '동화'였다.

그녀가 속으로 중얼거렸다.

'지난번에도 느낀 감각인데.'

한데, 이번은 지난번과 정말로 달랐다. 이번에는 신과 정말로 가까워지게 되었다는 걸 느낀 것이다. 그러던 이때, 예리는 신의 내부에서 흐르는 따뜻한 온기에 사로잡혔다. 이윽고 그녀의 심장이 두근두근 뛰기 시작했다.

'뭐지?'

그보다 서로가 느끼는 걸 서로가 공유하는 것처럼 느

끼는 건 참으로 이상한 느낌이었다. 뭐라고 해야 할까. 하나. 둘이 아니라 '하나'로 이어진 거 같이 느껴져야 한다고 해야 할까.

그녀는 신과 어째서 이런 교감을 나누게 된 것인지 알 수 없었으나, 지금 서로가 느끼는 동질감은 부정할 수 없었다.

그녀는 혼란과 의문이 섞인 묘한 눈동자로 신을 응시했다. 이때, 두 사람 사이로 이상하면서도 기묘한 분위기가 흘렀다.

두 사람을 한 화면에 담아내는 카메라가 이 둘의 표정과 분위기를 잡아내는 이때! 신은 그녀의 얼굴에 가까이 다가갔다. 서로의 숨결이 닿을 정도로 거리가 가까워졌다. 예리는 신의 뜨거운 숨결을 느낄 수 있었다.

이때, 서로를 바라보는 눈동자는 어딘가 모르게 상대방을 갈구하는 듯했다.

그녀는 저도 모르게 눈을 그만 감고 말았다. 뒷일을 서윤도에게 맡기기로 한 것이다.

한편, 이 두 사람을 멀리서 바라보는 한 남녀가 있었다.

바로 기녀 화월과 우진이었다.

화월은 서윤도가 은신처에 없는 걸 보고서 그가 어디 갔나 싶어 그를 찾다가 화란 공주와 함께 있는 걸 바라보게 된 것이다. 나무 뒤에 황급히 숨은 화월은 쓸쓸한 미소를 짓고서 바닥에 주저앉았다. 그리고 화월은 힘없이 중얼거렸다.

"사람에게 운명이란 게 있는 모양이구나……."

검은 의복을 입은 우진은 알 수 없는 표정으로 두 사람을 바라보고는 이내 뒤돌아섰다. 엇갈리게 되는 네 사람의 인물 관계와 갈등을 카메라는 고스란히 담아냈다.

한데, 예리가 기대하는 다음은 더는 이어지지 않았다.

신이 그녀를 물끄러미 바라보다 이렇게 말했기 때문이었다.

"나를 아시오……?"

이에, 예리는 지금 촬영 중이라는 것을 알아차렸다.

상황에 몰입하다 보니 촬영하고 있다는 걸 깜빡한 것이다.

'아, 쪽팔리게.'

예리가 얼굴이 화끈거리는 걸 느끼는 이때, 오 PD가 외쳤다.

"컷! 방금 분위기 느낌 진짜 좋았어."

지금의 대목은 서윤도와 화란 공주 사이에 흐르는 기묘한 감정을 잘 드러내는 게 관건이었다.

이른바 시청자들을 애태우게 하는 연애 요소라고 해야할까.

'애초에 화란공주와 연호랑 그리고 서윤도 간에 삼각관

계가 형성되어 있으니⋯⋯.'

방영 직후, 이 세 사람 관계에 대해 각양각색의 의견이
있었다. 화란 공주가 나쁜 남자 서윤도와 이어지게 해달
라거나 차가운 남자 연호랑과 이어지게 해달라고 말이다.
물론 서윤도와 연호랑과 이어지게 해달라는 사람도 있었
으나 이렇게 흘러가면 큰일 날 이야기였다.

아무튼, 두 사람이 그려내는 그림이 정말 괜찮게 나와
서 예고편으로 활용하기에 손색이 없었다. 뭐, 결국 본편
에서는 입을 맞추는 게 나오지 않을 테지만, 서윤도와 화
란 공주 사이에 이런 고리를 살짝 엮어내어 상상할 거리
를 던져주면 여자 시청자들이 열광할 게 분명했다.

"누나 왜 그래요."

신은 무언가 마음에 들지 않는데 입도 뻥긋하지도 않는
예리를 바라보며 말했다.

"불만 있어요?"

신의 질문에 예리는 신의 입술을 저도 모르게 바라보았
다. 아까 전의 기억이 떠올라서 부끄러웠다.

'아⋯⋯.'

그녀는 고개를 가로저으며 머릿속에 떠오르는 상념을
지웠다.

'나 자신이 이렇게 한심스러울 줄이야⋯⋯.'

"왜요?"

'저렇게 천진난만하게 묻기까지 하네. 아, 그냥 너 때문에 그렇다고 말해주고 싶네.'

"아, 몰라!"

예리는 신 앞에 서서 성큼성큼 걷기 시작했다. 이에, 신은 볼을 긁적이며 예리의 뒷모습을 멀뚱멀뚱 바라보았다.

'갑자기 왜 저러지.'

신은 속으로 중얼거렸다. 여자의 마음은 갈대라더니. 참으로 알 수 없다니까.

'그래도 귀엽긴 귀엽네.'

신은 문득 미소를 피식 흘렸다.

이후, 촬영이 더 이어지면서 촬영은 성공적으로 끝이 났다.

신의
연기 2

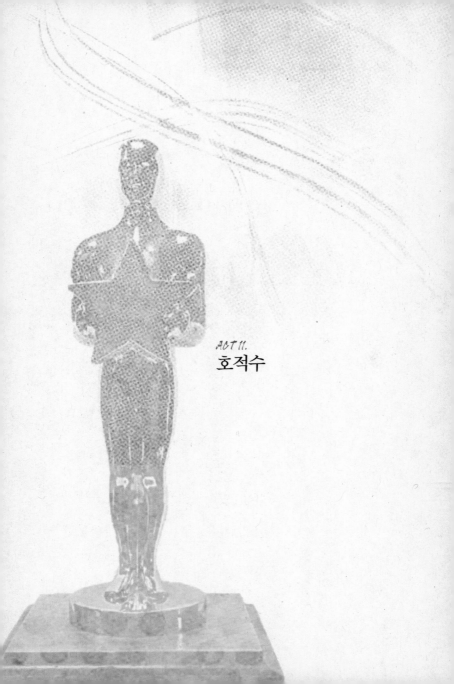

ACT 11.
호적수

호적수

　월화 드라마 바람의 공주와 수목 드라마 태양의 군주가 방영된 지 어느덧 3주차에 돌입했다.

　두 드라마의 시청률은 수직으로 상승하며 매주 신기록을 경신했고, 경쟁 또한 갈수록 치열했다. 한쪽이 우세하다가도 또 한 쪽에게 뒤집히기도 하고 비기기도 했다.

　한편, 이런 투톱 체제 속에서, ⟨네 마음이 보여⟩라는 월화 드라마가 제법 준수한 성적을 얻었다. 일반적인 때라면 월화 드라마 1위를 노려볼 만도 했으나 바람의 공주 때문에 2위밖에 할 수 없었다.

　그래도 ⟨네 마음이 보여⟩ 정도면 양호했다. 대부분

드라마가 이 두 드라마의 그늘에 가려 주목받지 못했으니까.

이러던 차에 4주차로 돌입하면서 바람의 공주 시청률이 큰 폭으로 뛰어올랐다.

연호랑과 서윤도의 대결이 시청자들의 가슴을 뜨겁게 달군 것이다.

이때, KTS에서 메이킹 필름을 공개했다.

당시 연호랑과 대결에서의 신이 펼친 혼신의 연기가 실제 실신한 것임이 알려지면서 시청자 게시판, 인터넷 포털 사이트는 물론 여론이 뜨겁게 달아올랐다.

대중은 바람의 공주에 열광했고, 태양의 군주를 상대로 역전한 '드라마틱한' 전개에 열광했다.

NBC 측은 사람들의 반응에 침울했다.

KTS가 이런 강력한 비밀병기를 숨기고 있었는지는 몰랐기 때문이었다.

이는 변명이기에 NBC는 깨끗한 패배를 인정하기로 했다.

한데, 반전이 일어났다. 대중은 태양의 군주에도 관심을 더더욱 가지기 시작한 것이다. 태양의 군주도 바람의 공주 못지않은 훌륭한 드라마, 이대로 스러지기에는 아깝다는 게 대중의 반응이었다.

대중은 정말 간만에 명승부를 펼쳐낸 두 드라마에 박수

의 갈채를 보냈다.

아이러니하게도 태양의 군주 쪽 시청률도 대폭 증가하게 되었다.

이 두 드라마의 시청률은 거의 50%에 육박하게 되면서 국민 드라마로 서서히 불리기 시작했다.

그리고.

"후후⋯⋯."

서효원은 영상 속 신이 펼치는 혼신의 연기를 바라보고 또 바라보았다.

이윽고 구간까지 설정하여 신의 연기를 계속 감상했다.

– 연호라아아아앙!

신이 울부짖는 소리는 단순한 소리가 아니었다.

사람의 영혼 자체를 정신은 뒤흔드는 울음이었다.

신이 내지르는 포효는 그만큼 특별했다.

– 후우⋯⋯ 후우⋯⋯.

영상 속 신이 호흡을 가다듬는데, 신의 얼굴에는 땀이 미친 듯이 흐르고 있었다.

– 난 다시 돌아온다.

이때의 대사는 연호랑이 아닌 사람들에게 말하는 듯했다.

그리고⋯⋯ 정신을 잃기 전까지 강렬한 의지를 담은 눈빛 연기.

'살아있어. 살아있다고.'

이 연기에 마주한 서효원은 등골이 찌르르한 전율에 휩싸였다.

서효원은 흥분한 어조로 말했다.

"그래…… 이거라고…… 이거……!"

이건 인간의 연기가 아니었다. 너무나도 악랄한 마성의 매력을 지닌 연기였다. 또, 교태 어린 몸짓과 화려한 언변으로 사람을 꼬드기는 악마의 유혹과도 같았다.

'사람들을 홀리는 연기…… 가슴을 뛰게 하는 연기……!'

서효원은 기이한 열기를 띤 미소를 지었다.

'이 배역을 해내겠다는 간절함……! 이 배역으로 살겠다는 간절함!'

이래서 사람들이 이 혼신의 연기에 환호하는 것이리라.

서효원은 한 방 먹었다는 표정을 지었다. 한데, 기분이 좋아 보였다.

'그런데 넌 아직 여물지 않았어. 내가 이건 확신해. 왠지 넌…… 내 눈에는 알을 깨고 나오려는 거처럼 보이거든.'

서효원이 씩 웃었다.

'내가 널 도와주면 될려나.'

신이 그 벽을 깨면 얼마나 대단한 연기를 펼칠지 기대되었다.

이때, 서효원은 무언가 마음에 들지 않는 듯 미간을 좁혔다.

'아니다. 아직 아니야. 2년만…… 아니 1년 정도 기다려봐야겠어. 뭔가 아직 미숙해 보이니까…….'

그리고 서효원은 또다시 신이 펼친 연기를 바라보기 시작했다. 서효원의 눈동자에는 기이한 광기가 일렁이고 있었다.

'너와 나, 둘 중에서 누가 최고가 될까?'

서효원은 헤르만 헤세의 [데미안]의 한 구절을 떠올렸다.

새는 알을 깨고 나온다. 알은 새의 세계이다. 태어나려는 자는 한 세계를 파괴해야만 한다. 새는 신에게로 날아간다. 그 신의 이름은 '아브락사스'.

"아니……."

이때, 서효원은 고개를 가로저으며 중얼거렸다.

"안 되겠어…… 안 되겠어…… 좀이 쑤셔서 견딜 수가 없어."

펄펄 끓기 시작하다 끓어 오른 냄비는 조금만 열 받아도 부글부글 끓어오르기 마련이었다. 지금 서효원의 상태가 이랬다. 가슴 밑에서 벅차오르는 감정을 억누르려고 했으나 당최 억누를 수 없었다.

서효원은 동년배에 자신의 적수가 없다고 생각하고

있었다. 이삼십대에 속한 웬만한 연기자의 연기는 서효원의 눈에도 차지 않는다. 연기가 완전히 농익은 중년 배우들 정도라야 인정할 수 있었다. 때문에, 서효원은 젊은 세대에 속한 배우 중에 연기로 자웅을 겨룰 상대는 없다고 단언하고 있었다.

이런 서효원의 생각을 오만이라고 할지 모르겠으나, 외국에서 유학하다 온 서효원의 눈으로 바라보는 한국이라는 나라는 세계에서 보면 좁은 어장이었다.

한국에서 대단하다고 치켜세워도 한국에서 대단한 것이지 외국에 통하는 건 아니었다. 또, 외국에 정말로 대단한 사람들이 즐비해 있었으니…….

서효원은 국내에 있는 내내 무료했다. 대단한 사람이 없으니까. 아버지의 나라라 이곳에 잠시 있는 것에 불과했다. 이삼 년 정도 한국에 더 머무르다가 외국으로 나가는 게 서효원의 계획이었다.

이러던 차에 한 혜성이 홀연히 나타나 서효원의 고정관념을 깨트렸다. 서효원은 이 새로운 루키의 등장이 정말로 달가웠다.

'도대체 이 녀석은 어느 선생님에게 연기를 얼마 동안 배운 걸까?

서효원은 어려서부터 연기를 배우고 피나는 훈련을 해 왔다.

– 엄마가 가르쳐주는 거 왜 못해! 이 엄마는 네 나이 때 이런 거 잘만 해냈다고!

어머니의 윽박지름 속에서 서효원은 울었다.

– 울지 마! 운다고 해서 누가 알아줘?

꾸중보다 어머니의 사랑과 칭찬을 받고 싶었다.

울지 않으면 칭찬을 받을까 싶어 효원은 울음을 참아내기로 했다.

– 남에게 웃고 부드럽게 대해도 자신에게는 혹독해지렴. 인생은 결국 혼자서 살아가는 거란다. 이 어미의 말을 명심하렴!

어머니로부터 감정을 숨기고 남을 대하는 법을 배웠다.

– 넌 너 자신을 끊임없이 채찍질해야 한다! 자신과 타협하게 되면 예술가로서의 생명은 끝이다.

어머니의 가르침을 실천하느라 언제나 긴장하고 또 긴장했다.

살얼음 위를 걷는 것처럼 위태위태했다.

견딜 수 없는 건 입에서 단내가 나는데도 혹독하게 다그치는 어머니였다. 그러나 서효원은 이를 악물고 연기를 연습하고 또 연습했다. 어머니에게 칭찬받고 싶어서. 단지 이 이유뿐이었다. 사랑받고 싶어서.

다행히 연기 재능은 있었는지 연기는 나날이 늘어갔다. 그리고 어느 날 어머니로부터 칭찬을 받았다.

– 흥, 이제 제법 나아졌구나. 자질이 보여.

그러다 어머니는 서효원을 금발 머리에 푸른 눈을 지닌 외국인에게 데려갔다. 연기로 정평 난 명사들 아래 서효원은 연기를 배우고, 기술을 익히며 기술을 철저히 연마했다. 서툴렀던 영어도 점점 늘어났고 연기는 나날이 늘어갔다.

그러나 연기가 점점 싫어지게 되었다. 정확히는 연기하는 동기를 잃어버리고 만 것이다.

그러던 어느 날 서효원은 믿을 수 없는 광경을 보았다.

– 돈이 밀려서 죄송합니다. 이건 이번 달 레슨비고요. 선생님…… 우리 효원이 잘 따라가죠? 효원이 잘 가르쳐주세요. 부탁합니다, 선생님.

언제나 고고하던 어머니였다. 자존심이 너무 세서 바늘로 찔러도 피 한 방울조차 흘릴 거 같지 않은 철혈의 여인이었다. 한데, 그런 어머니가 제 자식을 위해 남 앞에서 허리를 구부리고 있었다.

솔직히 말해 큰 충격이었다. 어머니를 원망한 적 없다고 한다면 거짓말일 테다. 그러나 제 자식이 다 잘 되라고 하는 마음에서 한 채찍질이었다.

이날부로 효원은 이를 악물고 연기를 배웠다. 기술을 갈고 또 갈고 닦았다. 그러자 어려서부터 연기를 갈고 닦

는 배우 유망주들 사이에서 인정받고 뉴욕 브로드웨이 극
단에서 활동하게 되었다.

인종에 대한 멸시와 차별도 있었지만, 서효원은 뛰어난
연기력으로 이를 눌렀다. 이름도 알려지고 관객들에게도
인정받기까지 했다. 어느덧 한 수식어가 효원의 뒤를 따
라다니게 되었다.

기술의 천재. 기교의 천재.

이러다 목표가 서서히 바뀌기 시작했다. 세계 정상으로
가보자. 세계 최고의 배우가 되어보자. 계속해서 전진하
기로 했다. 그러다 문득 서효원은 그 주위에 아무도 없다
는 걸 깨달았다.

친구가 없었다. 자신을 연기 세계를 진정으로 이해해주
고 신경 써주는 친구가 단 한 명도 없었다.

쓸쓸했다. 외로웠다.

문득 이런 생각이 들었다. 자신이 이들과 인종이 달라
서 그런 걸까? 이에, 효원은 주위의 만류를 뿌리치고 국내
로 돌아와 활동하기 시작했다. 물론 효원의 뜻대로 이루
어지지 않았다. 효원의 세계를 이해해주는 사람은 단 한
명도 나타나지 않은 것이다.

그러다 인생 최대의 숙적이자 연기 인생을 위협할지도
모를 엄청난 가능성을 지닌 이가 눈앞에 나타났다.

여기에서 어떻게 해야 할까.

답은 이미 나왔다.

"안녕하세요. 사장님. 저 효원입니다. 〈맥베스〉 공연 준비하는 데 있나요? 아, 네. 다름이 아니라 드라마 곧 하차하잖아요. 휴식기에 공연 하나 하는 것도 나쁘지 않을 거 같아서요. 무리하는 거 아니냐고요? 에이, 전 연기하는 게 그저 즐겁습니다. 하하, 네. 그럼 부탁하겠습니다. 사장님."

서효원은 소속사 사장과 이런저런 용건을 나누고는 전화를 뚝 끊었다.

'아무래도 아쉬운 쪽이 먼저 움직여야겠지.'

폰을 만지작거리던 서효원이 씩 웃었다.

'이거 만남이 기대되는군.'

이로부터 몇 주가 흘렀다.

☆　★　☆

신은 궁의 계단을 내려갔다. 표정이 차가운 것이 어딘가 화가 난 듯했다. 그러던 이때, 예리가 빠른 걸음으로 신의 뒤를 쫓았다.

"서윤도……!"

그녀의 부름에 신의 걸음이 멎었다. 이때, 신은 그녀를 바라보지도 않고 뒤돌아선 채로 말했다.

"아무 말도 하지 말 거라."

그녀의 눈동자가 흔들거렸다. 입을 열려고 노력하는데, 말하기 위해 입을 벙긋거리려고 하는데 이상하게도 입술이 떨어지지 않는다. 입술에 아교라도 바른 거 같다. 할 말이 너무 많은데, 하고 싶은 말이 너무 많은데 아무 말도 내뱉을 수 없었다. 이때, 그녀의 눈가가 떨렸다. 덩달아 입가의 잔 근육도 움찔 떨렸다.

신은 감정을 섬세하게 묘사해내는 예리에게 아무렇지 않게 말했다.

"난 네 눈앞에서 조용히 사라질 것이다."

아무 감흥 없이 툭툭 내뱉는 그 말이 무척 슬프게 들렸다. 그녀만의 착각이 아니었다. 서윤도의 미간에 그려진 내 천자가 심기가 안 좋다는 걸 말해주고 있었다.

그녀는 그 자리에 서서 신을 그저 바라보기만 했다.

"내 아버지가 비밀 세력에 돌아가셨다. 그리고 비밀 세력에 궁내부도 엉망이 되었지."

기억을 잃은 서윤도가 화란 공주를 만나게 된 이후의 이야기는 이렇다. 서윤도는 궁으로 돌아와 아버지 서진도와 만나게 되지만 아무것도 기억하지 못한다.

이에, 서진도는 통탄하고 만다. 그리고 서윤도는 기억을 잃지 않은 척 연기하기 시작한다. 이러다 연호랑과도 만나는 등 여러 가지 우여곡절이 일어난다. 극이 전개되면서 세 사람의 감정과 갈등도 점점 깊어지게 된다.

이때, 한 사건이 일어난다. 비밀 단체의 정체를 밝힐 단서를 기녀 화월이 알아낸 것이다. 비밀 세력이 그녀를 죽이기 위해 궁을 급습하는 데, 이 여파가 너무나도 커지게 된다. 서진도가 죽고 기녀 화월이 서윤도 대신 죽고 만다.

이때, 서윤도는 잃어버린 기억을 되찾게 되고, 서윤도는 그의 품에서 서서히 죽어가는 화월을 바라보며 맹세한다. 너의 죽음을 헛되이 하게 하지 않겠다고.

지금 극 중의 상황은 많은 사람이 다치고 죽게 된 상황이었다. 게다가 화국의 힘이 약해진 걸 틈타 토국의 오랑캐가 국경을 침범하기도 하는 어지러운 상황이었다.

"어떻게 보면 너의 세력을 공고히 할 좋은 기회가 되겠지."

시릴 듯이 차가운 서윤도의 대사 하나하나가 냉철한 비수가 되어 그녀의 가슴을 파고들었다. 서윤도의 말은 다 맞는 말이었다. 반박할 수 없었다.

"게다가 내 선친이 너를 죽이려고 했지 않았느냐."

"난……!"

신은 고개를 가로저었다.

"너에게 원수이나 그래도 나에게는 내 친부다. 그리고 난 이 원수를 갚아야겠지. 암중의 세력 흑월을 쫓기 위해

난 토국의 오랑캐들과 전쟁을 벌일 것이다."

신은 단호하게 말했다. 여차하면 대륙 전체를 상대로 전쟁까지 벌이겠다는 각오도 깃들어 있었다.

'어쩌면…… 너와 난 같은 하늘을 두지 못하는 것일지도 모른다.'

신은 진작 이래야 했다는 속 시원한 표정으로 말했다.

"피와 악업…… 모든 건 이 서윤도가 짊어지겠다."

신은 내뱉으려는 뒷말을 삼켰다.

'그러니 넌 누구에게나 칭송받고 사랑받는 훌륭하고 어진 왕이 되어라.'

이때, 주예리가 말했다.

"뒤돌아보거라."

신은 그녀의 말을 듣지 않았다.

표정이 일그러진 것이다.

"서가의 서윤도……!"

예리는 입술을 깨물었다.

그녀는 금방이라도 울 거 같은 표정으로 말했다.

"볼 수가 없거든…… 그 자리에서 내 명령을 받아라!"

신은 무릎을 꿇으며 말했다.

"신 서윤도 여왕 폐하의 명을 받사옵니다."

"무슨 일이 있어도 살아남거라."

"알겠사옵니다."

신은 그 말을 끝으로 자리에서 일어나 발걸음을 옮기기 시작했다. 그녀가 신을 뒤쫓아가 잡으려고 했으나 그녀가 할 수 있는 것이라고는 고작 손을 내뻗는 게 다였다. 한 번쯤은 뒤돌아보면 좋으련만 신은 뒤를 돌아보지도 않았다.

주예리는 "너무나도 매정하구나."라고 중얼거렸다.

이때, 그녀의 눈동자에서 눈물 한 방울이 또르르 흘렀다.

카메라가 떨리는 그녀의 눈동자와 눈물을 담아냈다.

그리고 그녀가 힘없이, 희미하게 웃었다.

"컷……!"

이 장면을 끝으로 모든 촬영이 끝났다. 신이 서윤도 역에서 하차할 때가 된 것이다.

'이제 끝났구나…….'

이 시점으로 화란 공주, 연호랑, 서윤도의 배우가 바뀐다. 이 세 사람의 관계가 어떻게 될지, 서윤도와 화란 공주가 이어질지 이어지지 않을지는 신이 알 길이 없었다. 아무래도 행복한 결말로 끝나지 않을까 신은 짐작했다.

'그보다 속이 후련하면서도 섭섭하네.'

그동안 서윤도라는 인물에 정이 잔뜩 들었는데 이렇게 보내줘야 한다는 게 아쉽기만 했다.

'재밌는 일도 많았고…….'

연호랑과의 대결에서 서윤도가 화마에 휩싸일 때, 시청자 게시판은 난리가 났다. '어이가 없다.' '너무나도 화가 난다.' '바공은 다시는 안 본다.' 는 등 '서윤도를 되살려내라' 는 의견으로 게시판이 출렁거렸다.

이뿐만이 아니었다. 열혈 시청자들이 KTS 본사에 항의하는 전화를 엄청나게 걸어서 방송국과 제작진은 진땀을 내빼기까지 했다.

물론 이런 열렬한 응원만 있는 게 아니었다. 주인공에게 시선이 쏠려야 하는데 이상하게도 서윤도에게 힘이 쏠리는 경향이 있는 거 같다, 이건 서윤도 드라마다라는 등 애정 어린 질책이 담긴 비판도 있었다.

물론 이에 여러 가지 이유가 있었다. 신이 서윤도를 워낙 훌륭하게 소화해낸 것도 있었고 시청률을 의식하여 각본 집필진이 신의 비중을 늘린 것도 있었다.

어쨌건 바람의 공주는 국민에게서 뜨거운 사랑을 받았다.

한편, 제작진은 다음 바통을 받는 배우들이 배역을 잘 끌어내 주면 시청률 60%를 얼핏 넘을 수 있지 않을까 하고 예측했다.

물론 빠지는 시청률도 있겠지만, 이를 참작해도 드라마 역대 최고시청률 10위권 안에 들 수 있는 성적이 나오지 않을까 예상했다.

이는, 2010년 이후 사상 최대의 기록이었다.

'박수 칠 때 떠나라……'

이 말처럼 이제 서윤도를 보내줘야 할 때였다.

배역을 연기하면서 최선을 다했기에 후회하는 건 없었다. 그저 아쉬울 뿐이었다.

신은 허심탄회한 미소를 지으며 고개를 숙이며 외쳤다.

"그동안 정말 고생 많으셨습니다!"

예리는 친해진 여자 스태프들을 안으며 눈물을 펑펑 흘리고 있었고, 우진은 머쓱한 표정을 지었다.

'예리 누나 마음이 여리네.'

스태프들이 여태까지 수고한 배우들에게 박수를 짝짝 쳤다.

이 박수를 끝으로 드라마 촬영이 끝났다.

한편, 신은 촬영을 할 동안, 로만 소속사와 계약을 맺었다.

전속 계약 기간은 3년으로 잡았다. 이는 공정거래위원회에 명시된 7년이란 기간보다 반이나 짧은 것이었다.

그리고 계약 내용은 이랬다.

'음반, 음원 수익을 제외한 모든 수익에서 회사와 신이 4:6으로 분배하기로 한다.'

보통 5대 5나 6대 4 심지어 7대 3으로 이루어질 수도 있었다.

신이 신인치고는 꽤 후한 조건이었다.

이뿐만이 아니었다. 벤을 운영하는 비용이나 드라마에 준비하면서 드는 부대 비용은 소속사에서 해결해준다고 했다.

로만 소속사가 이 정도로 지원해주는 건, 신이 지닌 막대한 잠재성을 높게 쳐준 것이기도 하지만, 신과 같은 한 솥밥을 먹을 수도 있다는 걸 알게 된 우진이 발 벗고 나서서 도와준 것도 있었다. 물론 KTS 국장 이두찬이 도와준 것도 있었다.

"앞으로 내 강신 군의 편의 잘 봐줄 테니 걱정하지 마! 이 국장님만 믿어. 허허허……!"

촬영이 끝난 후, 신은 휴식기에 돌입하여 작품을 하면서 빠져나간 기력을 보충하면서 차기작은 어떤 작품으로 할지 고민했다.

이러던 차에 신은 매니저로부터 한 편지를 전해 받았다.

"매니저 형, 이게 뭐예요?"

"한 번 봐봐. 나도 잘 모르겠지만 사장님이 보시면 알 거래."

내용물을 개봉한 신은 고개를 갸웃거렸다.

'연극 초대장이잖아.'

연극 초대장을 보내온 사람은 다름이 아닌 서효원이었다.

신은 서효원을 확실히 의식하고 있었다.

'1년 전 서효원이 보여준 햄릿은 워낙 강렬했지.'

문득 이런 의문이 들었다.

'지금의 연기는 어떨까.'

태양의 군주에서 열연한 서효원의 연기를 봐야지 봐야지 하면서도 너무 바빠서 짬을 내질 못했다. 솔직히 핑계면 핑계라고 할 수 있겠지만, 대본을 외우고 배역을 소화해내는 것만으로도 신은 정말 정신없는 나날들을 보내야만 했다.

'이번 기회에 서효원의 연기를 눈 앞에서 봐보는 것도 나쁘지 않을 거 같은데……'

그보다 신은 왜 이 초대장을 보낸 것인지 궁금했다.

'나보고 오라는 건가. 아니, 나를 의식한 건가? 그 천하의 서효원이……?'

이때, 신의 가슴이 두근거리며 뛰었다.

☆　★　☆

〈맥베스〉는 셰익스피어의 4대 비극 중 하나다. 총 5막 동안 사람이 검은 욕심에 사로잡혀 타락해지기 시작하면 얼마나 타락해지기 쉬운지 맥베스라는 인물로 통해 보여주는 데, 파멸과 파탄이 이 작품의 주제인 만큼, 인간이라는 존재가 얼마나 모순적인 존재인지 적나라하게 폭로하는 작품이기도 했다.

한편, 극장에 들어선 신은 자리가 만석인 걸 보고 뜨악한 표정을 지었다.

'정말 많네……'

신은 지정된 좌석을 찾고는 자리에 앉고 팜플렛을 바라보았다.

'멕베스 1막의 내용은 이렇지.'

어리석은 왕 던컨의 충신이면서 명장인 멕베스 그리고 뱅코우 장군이 역적 코더 영주를 사로잡으면서 반역을 저지하는 데 성공한다.

'이때 멕베스는 국왕을 만나러 가는 길에 세 마녀를 만나게 되지.'

이때, 세 마녀는 멕베스와 뱅코우에게 이상한 예언을 한다. 멕베스에게는 왕이 될 것이라 하고 뱅코우 장군에게는 자손들이 왕이 될 것이라고 말이다. 이것이 비극의 시작이었다.

이 마녀들은 멕베스의 타락에 일조하기도 하는 중요한 인물들이었다. 멕베스를 타락하도록 직접 이끄는 인물은 그의 부인이지만, 반역을 통해 왕위에 오르게 된 멕베스는 나중에 가서는 이 마녀들에게 광적인 집착을 내보이기까지 한다. 이 마녀들은 앞날의 어두운 이야기를 암시하는 일종의 복선과도 같은 장치였다.

이때였다.

'시작한다.'

무대의 막이 오르면서 조명이 무대를 밝혔다. 무대 앞 끝 일렬로 배치된 광원, 푸트라이트(*배우의 얼굴에 음영이 생기지 않게 도와주는 무대 장치)도 무대를 덩달아 밝혔다.

그리고 세 명의 여자들이 깔깔 웃음을 터뜨리며 말했다.

마녀들이었다.

"고운 건 추한 것! 더러운 건 예쁜 것! 더러운 대기, 안갯속으로 사그라들자!"

이 구절은 인간이라는 존재가 이중적인 존재라는 걸 알려주는 대목이기도 하면서 극 중의 인물들이 모두가 선한 인물도 아니고 악한 인물이 아님을 말해주는 것이기도 했다.

그녀들은 춤을 추자 무대 위로 뿌연 연기가 흘러나왔다. 그녀들은 이 연기 속으로 사라졌다.

'이게 1장 1막.'

그리고 이때, 화려한 의상을 입은 서효원이 한 남자와 함께 무대 위로 등장했다. 기세등등한 것이 개선장군처럼 보였다.

이때, 나팔이 뱃고동처럼 길게 울렸다.

뿌우우우우우ㅡ!

여러 사람이 나타나 만세 삼창을 하기 시작했다.

"멕베스 장군과 뱅코우 장군이 역적을 잡아내어 공을 세우셨다. 멕베스 님은 던컨 왕의 자랑스러운 충신! 스코틀랜드 최고의 명장!"

그러던 이때, 마녀 역을 여자들이 깔깔 하는 웃음을 내뱉으며 소리를 질렀다.

"멕베스! 코더의 영주! 장차 왕이 되실 분!"

"정말로 위대한 왕이 되실 분!"

이때, 전체 조명이 어두워졌다. 천장에 설치된 한 조명이 서효원을 비췄다.

서효원이 고개를 갸웃하며 관객들을 향해 입을 열었다.

"내가 또 잘못 들은 건가?"

힘 있으면서도 중저음의 목소리가 무대로 울려 퍼졌다.

서효원은 하나의 울림통이었다.

잘 조율된 악기라고 해야 할까. 이때, 서효원이 한 걸음 한 걸음 나섰다.

"이 유혹이란 형체가 잘 보이지 않는 법이긴 하지."

사람들의 이목이 서효원에게 서서히 쏠렸다. 이때, 서효원이 혀를 쯧 차며 호흡을 거칠게 토해내며 호흡을 짧게 몰아갔다.

"그리고 이 유혹이란 성큼성큼 다가올 때 더 커지는 법이지. 성난 파도같이 밀려오지! 이는 걷잡을 수 흐름! 그렇기에 사람은 이 유혹에 휩쓸려 들고 말지! 나약한 존재거든! 이 징그러운 벌레! 가슴속에 벌레가 가득해! 가득하다고……! 이 불안 속에서 꿈틀거리는 벌레들! 뱀 갈래 같은 이 혀로 다 토해 내면……! 토해내면……! 진정이 될 수 있을까?"

서효원의 음성이 멎었다.

이 정적, 침묵…….

서효원은 아무 말도 하지 않고 있었으나 분명 말하고 있었다.

그러던 이때, 서효원의 눈동자가 뱀의 노란 눈동자같이 번뜩였다. 사람들은 오싹한 소름에 휩싸이던 순간 서효원의 입가에 미소가 씩 맺혔다. 순간 장내에 정적이 멎었다. 숨을 옥죄는 분위기에서 사람들은 숨을 내쉴 수 없었다. 아니, 이 순간 숨을 내쉬는 건 사치였다.

"아니! 천만에……! 그럴 리가 없지. 이 유혹……! 이 불안은……! 고약한 환상과도 같은 것이거든."

이때, 서효원이 웃음을 킥킥 내뱉었다. 선인인 멕베스와 악인인 멕베스 사이에서 오락거리는 지금의 서효원은 언뜻 광인처럼 보이기도 했다.

서효원은 두 팔을 벌려 쩌렁쩌렁하는 소리로 외쳤다.

서효원 주위로 흐르는 분위기도 폭풍과도 같이 거칠었다.

"도망칠 수 없어. 도망칠 수 없다고⋯⋯! 이 환상 속은 지독한 감옥이거든. 난 알 수 있어! 이 유혹이 날 구렁텅이로 몰아갈 거라는 걸 말이야. 난 절망에 분명 빠지고 말겠지. 파탄과 파멸에 이르고 말 거야! 이것이 내 눈앞에 보여! 이 유혹이 나를 향해 뱀의 혀처럼 날름거리고 있다고! 이 절망의 심연은 나를 비난하면서 삼키려 하고 있단 말이다!"

위태하면서도 금방이라도 스러질 거 같은 광기. 서효원의 눈동자에서 기이한 열기가 아른거리고 있었다. 눈빛은 분명 차가웠다. 근데 너무 뜨거웠다. 활활 타오르는 불처럼 정말 뜨거웠다. 신도 서효원이 전달하는 뜨거움을 덩달아 느꼈다.

'나랑 연기 방식이 다른데⋯⋯ 너무나도 다른데⋯⋯.'

서효원은 배역에 몰입하는 방법은 신과 달랐다. 신이 감각을 통한 내면적인 접근이라면 서효원은 기술로 통한 외면적인 접근이었다. 이처럼 방식이 분명 달랐다. 한데, 결과적으로는 보면 비슷했다. 과정에 차이만 있을 뿐이었다.

서효원은 완벽한 기술로 배역과 서효원이라는 인물의 경계를 허물어트리고 있었다. 사람들의 눈에 서효원이 배역에 완전히 몰입해있는 것처럼 보였다. 그러나 이는 완벽한 기술이 선보이는 '눈속임'이었다.

'발성과 호흡이며 기술이 정말로 완벽해. 감정이 진짜 같아…….'

신은 기술이 한 치의 오차도 없이 이렇게 정교할 수 있다는 것에 정말로 감탄했다.

'기술의 천재…….'

한편, 서효원은 관객석을 유심히 보고 있었다.

'보고 있으려나? 왔으면 내가 보여주려 하는 걸 보고 있겠지.'

그러던 이때, 두 사람은 서로의 존재를 확실히 느꼈다. 장내에 사람들이 많이 있는데도 둘은 이 장내에 오직 두 사람만이 있는 것 같이 느끼고 있었다.

한편, 서효원의 눈동자가 이렇게 말하고 있는 듯했다.

'잘 봐라. 이제 시작이니까.'

이후의 이야기는 이렇다. 멕베스는 코더의 영주가 되면서 마녀의 예언이 들어맞는다고 생각하게 된다. 이때, 멕베스 마음에서 왕이 되고 싶다는 욕심이 무럭무럭 생겨난다.

그러나 반란을 진압한 던컨 왕의 충신이 반란을 꾀하는 건 우스운 일인 데다 아이러니한 일이었다.

멕베스는 이 야망을 애써 억누르려고 한다. 하나 왕위에 대한 야망, 권력에 대한 야욕은 점점 커지고 있었다.

이러던 차에 그의 부인이 멕베스에게 왕을 살해하고 왕이 되라고 부추기기 시작한다.

이에, 멕베스는 망설이고 주저하는 데, 그의 부인은 이런 멕베스의 우유부단한 모습을 질책한다.

"욕망은 있되 행동력과 용맹심이 없으면 비겁자나 마찬가지라고요!"

부인이 꺼낸 비겁자라는 말에 멕베스는 질겁하고 만다.

"그렇지가 않아! 난 비겁자가 아니다. 단칼에 어리석은 왕을 죽일 수도 있단 말이다!"

"그럼 죽이면 되잖아요. 던컨 왕을 죽여 왕이 되는 거여요. 당신은 왕이 되고 저는 왕비가 되는 거지요. 우리 두 사람이 왕과 왕비가 된다고요!"

만인지상의 자리에 올 수 있다는 건 거부할 수 없는 유혹이었다. 서효원은 실성 어린 웃음을 지으며 "왕이라……왕이라……." 독백했다. 그리고 두 손을 바라보았다. 두 눈도 떨리고 두 손도 덜덜 떨렸다.

"하지만 어떻게 내 손으로 이 두 손으로 왕을 칠 수 있단 말인가……!"

서효원은 관객석을 바라보며 믿을 수 없다는 듯이 외쳤다.

"난 그럴 수 없어……! 그럴 수 없다고! 내 양심에 난 수천 개의 칼날 조각이 나를 갈기갈기 찢고 있단 말이다……!"

이번에는 저 스스로 목을 졸랐다. 서효원은 숨을 거칠게 헐떡였다.

그러던 이때, 성대에서 억누른 듯한 목소리가 갈라져 나왔다. 쇠를 긁어대는 듯한 소리인 만큼 둔탁하면서도 텁텁했다.

"그러면서 나에게 욕하고 있어! 빌어먹을 죄인이라고! 구제 불능한 악인이라고 말이야……!"

도화지에 세세한 붓 터치로 그림을 그려내는 것처럼 서효원은 맥베스가 겪는 갈등과 고뇌를 치밀하면서도 선명하게 그려냈다.

관객들은 서효원이 아닌 맥베스가 겪는 갈등과 고뇌를 선명하게 느낄 수 있었다. 신 또한 그랬다.

'대사 전달력은 물론 무대 장악력도 뛰어나구나.'

무대에 단지 두 사람이 있는데도, 서효원의 존재감만으로도 무대가 꽉 채워진 듯한 착각이 일 정도였다.

'역시는 역시구나.'

서효원은 괜히 서효원이 아니었다.

이때, 맥베스 부인 여배우가 소리를 질렀다.

"겁쟁이!"

서효원도 소리를 질렀다.

"그럴 리가!"

"비겁자!"

"아니다······! 아니야!"

이때, 여인이 미소를 빙긋 지으며 말했다.

"진정하시고. 제 말 잘 들어 보세요. 원래 처음이란 게 어려운 것이어요. 한번 눈을 딱 감으면 모든 게 다 해결돼요."

사람의 마음이란 거 올곧은 게 아니었다. 간사하기도 한 게 사람의 마음이었다.

"제 이야기를 잘 들어 봐요. 성대한 연회를 열어서 던컨 왕을 초대하는 거에요. 그리고 왕을 시해하는 거에요."

그녀의 이야기는 뱀이 이브에게 선악과를 먹어보라고 꼬드기는 유혹과도 같았다. 서효원은 그녀의 제안에 거부하려고 했으나 몸과 귀는 그녀의 이야기에 관심을 기울이고 있었다.

"아아······ 절망과 탐욕이 나를 삼키려 드는구나. 하지만 난 죽어도 비겁자가 되는 게 싫다. 왕의 시해자가 될지언정 비겁자는 되고 싶지 않아!"

서효원이 이리저리 떠드는 사이 그녀가 속삭이는 듯한 목소리로 말을 마저 이었다.

"사전에 술에 약을 타서 경비병에게 먹이는 거에요. 그럼 잠에 곯아떨어지겠죠? 경비병에게 왕의 피를 묻히고 왕을 죽인 검을 놓아두는 거죠. 그리고 이 경비병을 죽이면 지금 이 이야기는 밤과 하늘만이 아는 것이죠."

결국, 멕베스는 던컨 왕을 죽이고, 멕베스 부인이 모의한 계획대로, 경비병이 왕을 시해한 것처럼 꾸민다. 던컨 왕의 두 아들인 멜컴과 도날베인은 아버지의 죽음에 겁에 질리고 난 나머지 외국으로 서둘러 도망친다.

이에, 사람들은 갑자기 사라진 두 아들이 이상하다고 생각하며, 두 아들이 경비병을 사주하여 왕을 죽이고 도망친 것으로 짐작한다.

이렇게 왕위의 후계자는 던컨의 사촌인 멕베스에게 돌아가고 멕베스가 왕위에 오르게 된다.

이때부터 멕베스는 왕을 죽인 죄책감에 시달리는 한편, 불안감에 휩싸이게 된다.

자신이 왕위를 찬탈한 것처럼 누군가가 똑같은 방식으로 왕위를 찬탈할 수도 있기 때문이었다.

이때, 서효원은 왕관을 쓰고 거만한 자태로 왕좌에 앉아 있었는데, 정말 자연스러워 보였다.

남을 잘 인정하지 않는 오만한 성격이 그대로 묻어나온다고 해야 할까.

지금 이 순간만큼은 서효원은 누구보다 지고지순한 존재인 '왕' 이었다.

한데, 이때였다. 서효원이 눈에 띄게 초조해 하며 손톱을 물어뜯었다. 입술도 질겅질겅 깨물었다.

그리고 서효원은 불안한 기색으로 주위를 두리번거

렸다.

"그런데 어쩌지…… 어쩌지…… 마녀가 말했잖아. 뱅코우 장군의 자손 대대로가 왕이 된다고. 그들이 이 권좌를 노리기라도 하면……."

관객들이 뻔히 바라보는데도, 이 중얼거리는 말이 누구에게 들키지 않을까 하는 생각에 주위를 두리번거리는 서효원의 시선 연기는 묘한 괴리를 연출하고 있었다.

이 묘한 괴리가 사람들을 긴장에 빠트리면서 서효원 아니, 멕베스가 앞으로 어떤 미친 짓을 벌일지 기대하게 했다.

이때, 서효원이 웃음을 하하 터뜨렸다.

"답은 이미 나와 있잖아! 그들을 죽여야 해! 이 권좌를 지키기 위해 그들 모두를 죽여야 한다고!"

멕베스는 뱅코우를 죽이는 데 성공하지만, 그의 아들은 놓치고 만다. 이에, 멕베스는 불안에 떨고 불면증에 시달리기까지 한다.

그러다 연회에서 멕베스는 죽은 뱅코우의 끔찍한 환영을 보게 되는데 이때부터 광증에 본격적으로 시달리기 시작한다.

그리고 멕베스는 자신이 영주가 될 것을 예언하고 왕이 되리라는 것을 예언한 마녀들에게 조언을 구하기 위해서 그들을 찾아가기로 한다.

마녀들은 집시같이 불길한 존재들. 한데, 이들에게 조언을 구한다는 건 멕베스의 차가운 판단력이 흐려지기도 했다는 걸 알려주는 대목이었다.

이때, 멕베스는 마녀로부 이런 예언을 듣게 된다.

'맥더프를 조심해라!' '여자에게서 태어난 자는 멕베스를 쓰러트리지 못하리라!' '버난 숲이 단시네인 언덕을 향해 움직이지 않는 한 멸망하지 않으리라!'

멕베스는 안심하면서도 불안에 시달린다. 뱅코우와 자손들의 환영을 보게 된 것이다.

이때부터 서효원이 권좌를 향해 미친듯한 광기를 토해 냈다.

"이 권좌는 나만의 것이다. 누구에게도 양보할 수 없어……! 이 권좌에 눈독을 들이면 죽여버리는 건 물론 구족을 멸할 것이다. 행여나 엉뚱한 생각이라도 품지 마라! 너희의 피로 이 궁정을 물들어 버릴 것이니까!"

서효원의 말에는 진득한 살기가 배여 나왔다. 신하들이 벌벌 떨었다. 관객들도 오싹오싹한 공포를 느꼈다.

그러던 이때!

격양된·어조로 웅장한 언변을 토해내던 서효원의 눈동자가 광기로 번들거렸다. 권력과 야욕의 광기에 빠진 광인의 모습이었다. 참으로 살벌한 연기였다.

관객들이 침을 꿀꺽 삼켰다. 눈이 충혈된 게 진짜 살인이라도 저지를 거 같았다. 지금 관객들의 눈에는 오직 서효원만이 보였다. 다른 배우의 연기는 보이지 않았다. 지금의 이 무대는 서효원만을 위한 무대라고 해도 과언이 아니었다.

신은 자욱하게 펼쳐지는 비릿한 피 안개를 생생히 맡을 수 있었다.

'이게 그 유명한 피의 권좌구나.'

신은 침을 꿀꺽 삼키며 다음 장면을 바라보았다.

한편, 맥베스의 폭정과 이어지는 악행에 신물이 난 맥더프는 던컨 왕의 아들 멜컴과 접촉하고, 이를 알게 된 맥베스는 그의 성으로 군사를 보낸다.

맥더프의 부인, 아들, 그의 가족은 물론 성내에 수많은 사람이 죽어 나갔다.

관객들은 맥베스의 타락을 보면서 사람이 얼마나 끔찍할 수 있는지 또 얼마나 잔혹해질 수 있는지와 마주하게 되었다. 머릿속에서 별별 생각이 떠올랐다.

비명이 울려 퍼지고 진득한 피비린내 속에서 극은 점점 절정으로 향해 치닫기 시작했다. 이때부터 서효원의 감정 구체가 강렬한 빛을 띠기 시작했다. 신이 여태껏 바라온 이들 중에서 정말로 강렬한 감정이었다.

이에, 신은 감탄사를 토해냈다.

'굉장해……! 기술로 감정을 능숙하게 끌어 올리고

이렇게 격양될 정도로 끌어올리다니……!'

서효원은 정말로 굉장했다.

이런 진귀한 연기를 볼 수 있다는 게 신은 그저 행복하기만 했다.

서효원에 대한 질시는 없었다. 그저 진심으로 감탄하는 생각만 있을 뿐. 신은 서효원과 연기를 같이 해보고 싶다는 생각이 잔뜩 들었다.

'생각만 해도 아아……. 미칠 거 같아.'

둘이 호흡하면서 일으킬 시너지만 해도 정말 장난이 아닐 거 같았다.

신은 두근두근 뛰어대는 가슴을 진정시키며 연극을 바라보았다.

'이게 끝이 아니겠지? 굉장한 걸 보여줘 봐!'

지금 신이 느끼는 감정은 서효원이 신의 연기를 보면서 느꼈던 감정과 완전히 똑같았다.

한편, 멕베스의 폭정에 귀족들이 반란을 일으키기 시작하고, 던컨 왕의 아들 멜컴 왕자가 이끄는 군대에 합세한다.

여기서 멕베스는 마녀의 예언을 믿으며 무사할 것이라 믿는다. 그러나 멕베스의 아내가 목숨을 끊고 만다.

이때, 서효원이 비탄한 어조로 말했다.

"인생은 그저 걸어 다니는 그림자에 불과한 것이구나.

제시간이 되면 무대 위에 등장하여 뽐내며 시끄럽게 떠들어대다가도, 어느덧 사라져 아무 소리도 들리지 않는 가련한 배우."

서효원의 주위로 퇴폐적인 분위기가 흘렀다. 이 축축하고 음울한 분위기가 관객들을 감싸는 듯했다.

"바보가 지껄이는 이야기와 같으니, 격분하여 시끄럽게 떠드는 소리로 가득 차 있으나 아무 의미도 없구나."

지금의 서효원은 정말 인생을 다 산 듯했다. 또, 권력이란 게, 좀 더 높은 자리로 가보겠다고 인간의 욕심이란 게, 좀 더 잘 살아 보겠다고 아등바등한 게 얼마나 하잘것 없는 발버둥 것인지를 보여주고 있었다.

무엇보다 슬픈 건 담담한 척하는 것이었다. 이 절제가 사람들의 감정을 먹먹히 적시고 사람들의 감성을 억눌렀다. 나아가 슬픔을 부풀어 오르게 미어터지게 했다.

이는 정말 완벽할 정도로 치밀하게 계산된 연기였다. 이에, 관객이 눈물을 터뜨렸다.

그리고 멜컴 왕자가 이끄는 군이 버넌 숲에 있는 나뭇가지를 꺾어 맥베스가 있는 성으로 진군해왔다. 마녀가 예언한 '버넌 숲이 단시네인 언덕을 향해 움직이지 않는 한 멸망하지 않으리라!' 가 절망으로 드러나는 순간이었다.

서효원은 이들과 맞서 싸우기로 하면서 극의 절정에 도달했다.

그러던 이때!

서효원의 감정 구체가 하얀빛을 내뿜는 게 신의 눈에 보였다.

극이 끝났다. 그럼에도 장내에 정적이 멎었다. 사람들은 숨을 죽이고 무대를 바라보았다.

이때, 한 사람이 박수를 천천히 치기 시작했다.

짝. 짝. 짝.

신이었다.

이 박수에 정신이 번쩍 깬 관객들이 자리에 일어서서 박수를 치기 시작했다.

서효원은 몸에 땀을 줄줄 흘리며 호흡을 가다듬었다.

"굉장해!"

"최고다! 서효원!"

휘파람이 휙휙 울리고 극장을 가득 메우는 박수갈채 속에서 서효원과 신은 서로 바라보고 있었다. 지금 이 둘에게 중요한 건 관객의 반응이 아니었다.

한편, 서효원은 이렇게 말하고 있었다.

'어때, 내 연기?'

신이 말했다.

'굉장해!'

두 사람 간에 거리가 있어 말도 주고받을 수 없고 표정도 바라볼 수 없으나, 두 사람은 서로가 미소 짓고 있다는 걸 느낄 수 있었다. 그리고, 이 두 연기 천재는 서로를 향한 경쟁심으로 전의를 활활 불태웠다.

이때, 서효원이 속으로 중얼거렸다.

'그러니까 더 성장하라고. 연기로 누가 최곤지 자웅을 겨뤄야 하니까. 뭐, 보나 마나 내가 최고겠지만.'

신의
연가 2

ACT 12.

깨달음을 얻다

깨달음을 얻다

간만에 학교에 출석한 신은 연습실에서 목을 가다듬었
다.

"아아……."

연기자의 길을 걸어가기로 마음먹은 이후 하루도 빼먹
지도 않고 하는 발성 훈련이었다.

"으음. 으으음!"

소리를 내뱉는 신은 코안에서 맴도는 울림을 느꼈다.

비강 공명이었다.

신은 소리를 배 아래에서 위로 밀어낸다는 느낌으로 소
리를 내뱉었다.

"아아아아아."

명랑하고 경쾌한 고음이었다.

이번에 신은 중음을 내뱉기로 했다. 인중과 구강 사이에 소리를 모아 입 내부를 공명시켰다.

"ㅇㅇㅇㅇㅇ."

그리고 신은 입을 타원으로 만들고 구강에서 느껴지는 진동을 느끼며, 진동을 바깥으로 내보냈다.

"아———!"

마지막으로 저음이었다.

신은 턱을 밑으로 내렸다. 이때, 유의해야 할 건 턱 자세다. 턱을 내리는 것에 집중하면 목에 힘이 들어가고 성대가 긴장하기 때문이다.

신은 목에 힘을 빼고 횡격막 아래에서 호흡을 분출한다는 느낌으로 발성했다.

"아—————!"

풍성하면서 무게감이 있는 저음이 신의 목에서 흘러나왔다.

그리고 신은 음역을 넘나들며 소리를 냈다.

"음–! 아아아——!"

목소리에 여러 음역이 포함되어 있어 신의 목소리는 조화를 이루는 화음 같았다.

발성을 여러 차례 더한 신은 미지근한 물을 마셔 목을 풀었다.

문득 신은 어제의 기억을 떠올렸다.

'굉장했어.'

특히 극의 절정에서 감정 구체를 하얀색으로 터뜨리는 서효원은 압권이었다.

신은 모든 걸 다 쏟아내서야 자신을 잊고 배역과 완전히 하나가 된 '접신'의 경지에 도달했는데 서효원은 페이스를 조절해가며 이에 도달한 것이다.

이 말은 즉 '기량'에서 차이가 난다는 말이기도 했다.

'나는 아직 부족해.'

신은 이 서효원 덕분에 밤에 쉽게 잠이 들지 못해 두 눈 뜨고 설쳐야만 했다. 눈만 감아도 서효원의 인상적인 연기가 눈앞에 아른거렸으니까.

'정말 완벽한 기술이었어.'

서효원은 기교를 정말 능수능란하게 다뤘다.

'발성도 정말 좋았고.'

소리를 단순히 내지르는 게 아니었다. 저 자신의 목소리 톤에 맞게 소리를 질러서 목소리가 갈라지지 않게 했다. 발음도 신경 써서 대사도 선명하게 들렸다.

'호흡을 자유자재로 이끌며 감정을 끌어올리는 것도 정말 훌륭했고.'

연기할 때 이 호흡을 어디에 두느냐도 중요했다.

급하고 긴박할 때 호흡을 흉부 쪽같이 신체기관 위쪽에

두고, 여유롭고 안정적일 때 호흡을 흉부 아래나 배 위에 같이 신체기관 아래쪽에 둔다. 이 호흡을 어떻게 하느냐에 따라 배역의 감정 상태를 전달할 수 있었다.

서효원은 이 호흡을 능수능란하게 하면서 감정을 유도했다. 또, 서효원은 이 감정에 취하지는 않았다. 연기하다 감정에 즉흥적으로 도취하는 신과 달랐다. 냉정했다. 배역에 몰입하면서도 절제할 줄도 알았다.

'나는 감각과 감정에 쏠리는 편인데.'

물론 이렇다고 신이 기술에 전혀 신경 쓰지 않는다는 건 아니었다.

'또, 서효원에게 나와 다른…… 좀 더 두드러지는 점이 있었어.'

바로 '교감' 이었다.

신은 주위 인물들과 호흡을 나누고 소통을 하려는 편인데 서효원은 화합을 맞추면서도 호흡을 자신한테 당겨오는 경향이 있었다.

자신에 대한 자신감인지, 스포트라이트를 받는 것에 욕심이 많은 것인지 아니면 실력이 없는 사람과 호흡을 나누는 것에 꺼리는 것인지 모르겠으나 서효원은 '자기 중심성' 이 강했다.

이런 서효원이 나쁘게 말하면 안하무인이라고 말할 수 있으나, 좋게 말하자면 정체성이 확고하다고 말할 수도 있었다. 연기에 대한 본인의 철학이 확고하다고 해야 할까.

신이 바라보는 서효원의 연기에 대한 특징은 이랬다.

'날이 정말 날카로운 검.'

또, 송곳이 감정을 쿡쿡 쑤신다고 해야 할까.

그만큼 예리한 구석이 있었다.

'그런 기술들을 손에 넣기 위해 얼마나 노력했을까.'

신의 머릿속에서는 자신의 성장을 위해 고군분투했을 서효원이 떠올랐다.

'자신의 한계를 절감하고 뛰어넘지만. 또 다른 한계에 부딪혀 절망하고 스러졌겠지. 하지만 일어나고 또 일어나 극복했겠지.'

서효원이 지닌 놀라운 기술은 그동안의 노력과 땀이 어린 결정체일 테다. 신은 다른 건 몰라도 서효원이 지닌 '기술' 만큼은 정말 멋지다고 생각했다.

서효원의 기술은 서효원이 눈물을 흘리고 절망을 겪고 한계를 뛰어넘어 이뤄낸 것이니까.

'이렇게 생각하니까 기술은 부럽긴 부럽네.'

원래 남의 떡이 커 보이는 법이었다.

그러나 신에게는 이를 탐할 자격은 없었다.

그동안 연기 경력에서 심하게 차이가 나는 데 이를 가지고 싶어하는 건 언어도단 같은 일이니까. 신은 욕심과

197

탐욕의 경계는 구분할 줄 알았다.

문득 신은 신이 지니고 있는 떡을 떠올렸다.

'반면 나는 어떻지?'

이렇게 스스로에 되물으니 그동안 보지 않았던 신의 단점이 극명하게 보인다.

'난 기술이 서효원만큼 뛰어나지 않아. 하지만 그렇게 기술적으로 하는 건 내 취향도 아니고. 난 배역에 내면으로 다가가는 게 좋으니까.'

이때부터 신의 머릿속이 복잡하게 변했다.

'그나저나 단점을 버리고 내가 잘하는 쪽을 장점을 부각하는 방식으로 가야 하나, 아니면 단점을 보충하고 보완하는 식으로 가야 하나.'

갈등에 휩싸인다.

신은 대체 어떻게 해야 할지 헷갈렸다.

'이럴 때 어떻게 해야 하지?'

☆　★　☆

"쟤, 걔다! 서윤도!"

"그러게. 저기 있잖아. 사인 좀⋯⋯."

신은 신에게 몰려드는 여학생을 향해 손사래를 치며 말했다.

"죄송해요, 제가 지금 교무실 급히 가야 해서요."

그리고 신은 빠른 걸음으로 내달렸고, 여학생은 사라지는 신을 바라보며 중얼거렸다.

"와, 이제 TV에 나왔다고 저러는 거야?"

"그러게 싸가지없……."

한데, 여학생들은 멍한 표정을 짓고 있었다.

"……을 정도로 멋있다."

"그러게."

"다른 사람에게 까칠해도 내 여자에게만 따뜻하겠지 일거 같아."

"방금 들었어? 죄송해요. 제가 지금 교무실 급히 가야 해서요."

여학생은 신이 말한 걸 중저음으로 따라 하며 꺅꺅 비명을 지르며 말했다.

"연예인이 말 걸어 줬어."

"그런데 이제 예의 바른 거 같지 않아?"

신은 지난 반응과는 다른 반응에 '유명세'의 위력을 절감했다.

'이래서 사람은 유명해져야 해.'

교무실에 도착한 신은 주위를 두리번거렸다. 이때, 선생님들과 학생들이 신에게 몰려들었다. 본의 아니게 신은 책상에 앉아 기념 촬영회와 사인회를 열게 되었다.

'하하······.'

이러던 차에 한 남자가 신 앞에 서서 종이 한 장을 내밀었다.

"쌤."

신은 황당한 표정으로 조광우를 바라보았다.

"지난번에 친필 싸인 100장 받아가셨잖아요."

조광우는 신의 시선을 애써 외면했다.

"크······ 크흠!"

"이번에는 누구예요?"

"내 조카의 친구의 친구가 네 팬이라면서 받아 달라고 하더라."

"아하, 이름은요?"

신은 종이에 사인과 '항상 행복하세요!'라는 멘트를 적으며 조광우에게 은근슬쩍 질문했다.

"선생님, 질문이 있는데요. 본인이 잘하는 거를 강조해야 하나요. 못 하는 걸 보완해야 하나요."

"왜?"

"그냥요."

"그냥은 무슨 서효원 때문이겠지?"

"어떻게 알았어요?"

"네가 근심할 상대가 걔밖에 더 있겠어?"

바람의 공주와 태양의 군주가 방영되면서 뜨거운 주제

로 급부상한 건 연호랑과 서윤도 그리고 담화공이었다. 그리고 심심풀이로 사람들은 '누가 누가 더 연기를 잘하는가'를 따지기도 했다. 한데, 대중의 입에 오르내리는 건 서윤도와 담화공이었다.

연호랑과 담화공을 소화해내는 우진과 효원의 경우 연기 스타일이 비슷했지만 신은 이 둘과는 다르기 때문이었다.

이런 이유로 사람들은 서윤도와 연호랑보다 더 뛰어난 연기력을 선보이는 담화공을 서로 비교했다. 게다가 신과 효원의 나잇대도 비슷하고 능력이 출중한 것도 비슷해서 신과 서효원을 호적수 구도로 밀고 나가는 것도 있었다.

여러 논란이 있을 정도로, 제법 뜨거운 이슈였다. 심지어 연기하는 사람들 사이에서 입방아 오를 내릴 정도니 연기나 드라마에 관심이 아예 없는 이상 이 둘의 관계를 모를 수가 없었다.

신은 조광우의 말을 순순히 인정했다.

"……맞아요."

신은 서효원의 공연에 대해 본 것에 솔직히 털어놓기로 했다.

조광우는 고개를 끄덕였다.

"스타일이 확실히 다르니 그런 생각이 들만도 하구나.

201

뭐, 이제 슬슬 그런 질문을 할 때지. 시기적으로 보면 말이지."

이때, 조광우는 갑작스러운 질문을 했다.

"그런데 연기는 왜 하는 거냐?"

신은 눈을 끔뻑 뜨며 질문했다.

"왜 하느냐니요?"

갑자기 원론적인 이야기다.

"음, 글쎄요. 일단 연기가 좋아서요."

"또?"

"유명해져야 하니까요."

"또?"

"무엇보다 배역을 연기하는 건 또 다른 인물을 창조해 내는 거잖아요. 또, 연기할 때 제 연기를 바라보는 사람들이 웃고 떠들고 즐기는 거 보면 저 자신도 즐거워요."

"흐음, 정말 그거뿐일까?"

"음⋯⋯."

이때, 뒤에 서 있던 한 여학생이 조광우의 뒤를 쿡쿡 찔렀다. 어서 나와달라는 뜻이다.

조광우는 허허 웃으며 품에서 무언가를 뒤적거리며 신에게 전해주었다.

한 연락처가 적힌 명함이었다.

그리고 조광우는 마지막 질문을 던졌다.

"네 연기는 도대체 무엇이지?"

신은 이 질문에 대답하려다가 쉽게 대답할 수 없다는 걸 알았다.

표현하고 싶은 게 너무 많았다.

한 마디로 정의할 수 없었다.

신은 멍한 표정으로 자문했다.

'내 연기가 뭐지……?'

물음에 대한 답을 얻으려다 오히려 물음만 얻게 되었다.

조광우는 아무 말도 않고 뒤돌아섰다.

신은 조광우를 바라보며 중얼거렸다.

'내가 답을 내려보라 이건가.'

잠시 후, 신은 연락처에 적힌 전화번호로 전화를 걸어보기로 했다.

'여기에 전화를 걸어보라는 거겠지.'

신호음이 울리는 것도 잠시 한 사람이 전화를 받았다.

"여보세요."

'여자잖아?'

여자 목소리에 신은 긴가민가한 생각이 들었다.

"왜 말이 없어요."

"안녕하세요."

신의 목소리를 들은 여인은 "어라, 이상하다"라고 중얼

거리며 되물었다.

"누구시죠?"

"아, 그게요. 이상하다 생각하실지 모르겠지만, 이 전화번호를 받게 되었거든요."

"아아…… 혹시 광우와 아는 사이인가요?"

이름도 모르는 여인은 광우라는 이름을 무척 친근하게 불렀다.

이에, 신은 이 여인이 선생님의 애인이 아닐까 싶었다.

"네, 선생님 제자에요. 아마도?"

"어머, 광우가 제자를……."

신은 이상한 생각이 들었다. 애인이라고 하기에 신에 대해 너무 잘 모르는 거 같기 때문이었다.

"그런데 선생님이 이 전화번호를 왜 가르쳐주신 걸까요."

"아마 그거 때문에 전화번호를 가르쳐준 거 같아요. 마침 '일손'이 필요하거든요."

"일손이요……?"

신의 질문에 그녀는 호호 웃으며 말했다.

"일단 와보시면 알 거예요."

그녀가 불러주는 주소를 신은 받아적었다.

장소는 강원도였다.

☆　★　☆

　거리가 거리인지라 신은 매니저를 불러 강원도로 향하기로 했다.

　'아, 이거. 성인 되면 내가 차 몰고 다녀야지.'

　그녀가 불러준 장소에 도착한 건 밤이 될 무렵이었다.

　매니저는 잠에 곯아떨어진 신을 깨우며 말했다.

　"신아, 다 왔다. 일어나 봐. 여기 정말 맞아?"

　신은 차에서 내려 주위를 둘러보았다.

　아무것도 없었다.

　있는 거라고는 허허벌판이었다.

　신은 이상하다 싶어 여인에게 전화를 걸어보기로 했다.

　"여보세요."

　"아까 전화한 학생인데요. 불러주신 주소에 도착했는데 아무것도 없는데요."

　"아아, 오셨구나. 차 타고 왔어요?"

　"네."

　"다행이네요. 거기서 이십 분 정도 더 타고 오셔야 해요. 그럼 버스 정류소 보이거든요. 거기서는 차 내려서 정류소 버스 타고 오시는 게 편할 거에요. 길이 안 좋아서 차가 엉망 되거든요."

　"이렇다는데요? 지원이 형 어쩌실래요."

"여기까지 온 거 같이 가지 뭐."

"음, 멀잖아요."

손지원이 씩 웃으며 운전대를 잡았다.

"네 연기에 도움된다며. 그럼 내가 도와줘야지."

"그래도."

"야, 넌 내 고용주야. 네가 돈 잘 벌어야 나도 돈 벌거든. 우린 일심동체라고."

"좋아요, 기사 양반 그럼 가주시죠!"

"OK!"

두 사람은 그녀가 말한 정류소에 도착하여 차를 대고는 정류소에서 버스를 타고 이동하기로 했다. 이로부터 한 오십 분이 더 지나서야 두 사람은 한 장소에 도착했다.

"여기는?"

"복지원이네요."

이게 무슨 상황인지 신은 모르겠다 싶어, 조광우에게 전화를 한 번 걸어보기로 했다. 다소 깊숙하게 들어왔는지 안테나가 두 줄 이상 잡히지도 않았다. 신은 손을 번쩍 위로 쳐들고는 전화번호를 입력했다.

통화 버튼을 누르자 신호음이 뚜뚜 흘렀다.

"여보세요."

신이 스피커 버튼을 누르며 큰 소리로 말했다.

"선생님, 여기 완전 벽촌인데요."

"오, 도착했구나."

"여기에 왜 오라고 한 거에요?"

"그곳에 네가 원하는 답이 있을지도 모르거든. 아니, 너에게 많은 도움이 될 거다."

"엥, 뭐가 있길래요."

"후후, 알게 될 거다. 물 좋고 공기 좋은 곳에서 며칠 푹 쉬어라."

조광우는 의미심장한 말을 하고는 통화를 끊었다.

신은 의문이 섞인 눈길로 건물을 바라보았다.

'저곳에 내가 원하는 답이 있다고?'

이때, 한 젊은 여인이 손전등을 켜고 나타났다.

"거기 아까 통화하신 분들인가요."

신은 손으로 불빛을 가리며 말했다.

"아, 네."

"먼 길 오시느라 정말 고생 많으셨어요."

여인이 호호 웃으며 말했다.

"전 김유리라고 해요."

"아 저는……."

세 사람은 간단히 자기소개했다.

"끼니는 해결하셨나요?"

"아, 올 때 해결했어요."

"허기지실까 봐 카레를 해놓았는데 어쩔 수 없네요.

내일 점심에 드세요. 아침에는 애들 좋아하는 거 하기로 했거든요. 일단 시간도 늦고 먼 데서 오셨으니 저 따라오세요. 방 안내해드릴게요."

잠시 후, 신 일행은 건물 현관으로 들어섰다.

'내부가 꽤 넓네.'

가구 눈높이가 어른보다 아래에 있었고, 뾰족한 모서리도 없었다. 아이들이 움직이는 반경을 상당히 신경 쓴 거 같았다.

이때, 여인이 조그마한 목소리로 말했다.

"아이들이 자고 있으니 조용히 해주세요."

신과 매니저는 조용히 고개를 끄덕이며 도둑고양이 같은 발걸음으로 걸음을 살살 내디뎠다.

☆   ★   ☆

"와! 처음 보는 사람들이다!"

다음날, 복지원에서 사는 아이들은 신 일행을 바라보며 기뻐했다.

"와, 형이다. 이 형은 내 거야."

"아닌데, 내 건데."

무려 서른 명이나 되는 아이들이 신을 둘러싸며 재잘재잘 떠들었다. 신은 정신이 아찔해지는 걸 느꼈다.

"애들아 이러면 안 돼."

그러나 아이들은 천방지축으로 날뛰는 장난꾸러기들이었다.

김유리가 난처하게 웃으며 말했다.

"애들이 오늘따라 말을 안 듣네요."

신이 하하 웃었다.

"괜찮아요."

이때, 조그마한 여자아이가 칭얼거렸다.

"유화 선생님 왜 없어요. 선생님 우리 놔두고 어디 간 거 아니죠."

"원장 아저씨도 안 보이고."

부모와 떨어져 여기에 있는 아이들은 저마다 사연이 있는 아이들이었다. 이러니 조그마한 것에도 감정이 상하기도 하고 상처받기도 했다.

"정화야 그게 아니고. 선생님 몸이 안 좋으셔서 병원 가기로 했어."

소귀에 경 읽기다.

"유화 선생님 보고 싶어요. 보고 싶단 말이에요. 으아아아앙."

한 아이가 울어버리니 다른 아이들도 덩달아 울기 시작했다.

"으아아아아앙!"

여기저기서 울음이 터지자 신은 정신이 산만해지는 걸 느꼈다.

'대충 보아하니 애들 돌보는 선생님은 두세 명이 있는 거 같네.'

시설을 관리하고 선생님들을 돕는 사람이 더 있을 거 같은데 이른 아침이라 그런지 보이지 않았다.

'아, 못 참겠다.'

아이들을 달랠 필요성을 느낀 신은 여기서 나서기로 했다.

"애들아!"

발성 훈련을 거친 신의 목소리 톤은 듣기 좋기도 했고, 사람들의 이목을 집중시키는 힘이 있었다.

아이들의 시선이 저도 모르게 신에게 쏠렸다.

"형이 유화 선생님이 너희랑 놀아주라는 말을 듣고 온 거거든."

여자아이가 눈을 반짝이며 말했다.

"정말요?"

"응. 일단 비행기 태워줄까."

"좋아요."

신은 여자아이를 안아 들어 비행기를 태워줬다. 정화는 기분 좋은 웃음을 터뜨렸다.

"까르르르……!"

아이들이 와 하는 감탄사를 내뱉으며 손을 번쩍 들었다.

"나도 태워줘요!"

"나도, 나도!"

신은 아이들의 아이돌로 단숨에 급부상했다.

김유리는 신이 아이들과 친해지는 걸 보며, 신이 사람들과 친해지는 친화력이 대단히 뛰어나다고 생각했다.

'난 몇 년이나 되었는데도 아이들 돌보는데 서툰데.'

천성이 워낙 착해 큰 소리를 내지르지 못하니 아이들은 그녀를 만만히 보는 것도 적잖아 있었다. 그래도 김유리의 성격은 섬세하고 꼼꼼하다 보니 애들 뒤치다꺼리는 잘하는 편이었다.

이때, 신의 매니저 지원이 머리를 긁적이며 김유리를 바라보았다.

"저는 뭐 도와드릴까요?

"그래 주시면 좋죠. 시설 돌보시는 분이 나이가 있으셔서 허리가 안 좋으시거든요. 짐 같은 거 옮겨야 하는데."

"아, 그래요?"

그녀는 미안하다는 표정으로 말했다.

"선생님들도 워낙 없고 해서 부탁할게요. 전 아줌마와 함께 애들 밥을 해야 하거든요."

"아이고, 괜찮아요. 저도 좋은 일 하고 좋죠."

신이 아이들을 돌보는 사이 두 사람은 각자의 일을

하기로 했다.

잠시 후, 식사 시간이 되자 신과 신의 매니저는 아이들이 밥을 먹는 거까지 도와주었다.

아이들의 나이가 어리다 보니 손길이 많이 필요했다. 밥을 하는 아줌마들과 김유리 혼자서는 아이들의 밥을 제대로 못 먹여줄 거 같았다.

'와, 여기 인력난 되게 심하네.'

신은 서너 명의 아이들을 담당하며 아이들이 밥을 잘 먹는지 확인했다. 아이들이 밥을 먹다 흘리기라도 하면 입 주변을 닦아주었다.

'졸지에 보모가 됐는데 기분이 썩 싫지 않네.'

한편, 정화라는 여자아이는 신의 품에 딱 달라붙어 요조숙녀처럼 밥을 먹었다.

신이 정화의 머리를 쓰다듬어 주자, 정화가 발개진 얼굴로 웃었다.

"헤헤."

신은 미안하다는 표정으로 아이들이 밥을 흘리지 않을까 유심히 보살피는 매니저를 바라보았다. 이에, 지원이 괜찮다는 표정으로 신에게 미소 지었다.

신은 그저 미안하기만 했다.

'매니저 형을 괜히 여기까지 데려와서⋯⋯. 나 때문에 고생하시고.'

물론 지원이 제 발로 여기 왔긴 왔으나 여기로 오자고
한 건 신이었다. 사실 그로서도 어쩔 수 없는 선택이었다.
신이 하자고 하는 거 잘 맞추라는 소속사의 지시가 있었
으니까. 어쨌건 여기까지 온 이상 싫으나 좋으나 아이들
의 보모 노릇을 해야 했다.

　'아, 차기작 들어가면 지원이 형한테 좋은 시계 선물해
줘야겠다.'

　신은 은혜를 입으면 수십 배로 안 갚으면 못 배기는 성
격이었다. 물론 당하면 수백 배로 돌려준다.

　'매니저가 내 얼굴이니까.'

　이렇게 식사시간이 끝나자 아이들이 신에게 몰려들었
다.

　"형, 형. 더 놀아 주세요."

　"아저씨. 비행기 태워주세요."

　신은 속으로 중얼거렸다.

　'와, 대단하다. 지치지도 않아.'

　"동화라도 읽어줄까."

　"에이, 재미없어요."

　이건 남자아이 반응이었다.

　"맞아요. 동화는 유화 선생님이 잘 읽어 줘요."

　이건 여자아이 반응이었다.

　신은 동화 구연을 어느 정도 하는 편이었다.

어릴 때 잠들기 전에 신의 어머니가 자장가처럼 해줬던 게 바로 이 동화 구연이었다.

'엊그제만 같네.'

아직도 귀에 선했다.

– 옛날옛날, 아주 먼 옛날 백설공주가 살았어요.

신은 이 아이들과 자신의 처지가 비슷하다고 느꼈다.

'이 중에는 부모의 얼굴조차 모르는 아이들도 있겠지.'

이에, 신은 마음이 착잡해지는 걸 느꼈다.

'내가 이 아이들에게 해줄 수 있는 건 없어.'

신은 이 냉정한 사실이 서글펐다. 그러나 이 아이들의 얼굴에 웃음꽃이 피면 좋겠다 싶었다. 신은 이 아이들을 위해 뭘 해줘야 하나 싶었다.

이때, 한 남자아이가 외쳤다.

"가면라이더!"

"맞아, 맞아."

아이들이 이구동성처럼 외쳤다.

"가면라이더 보여 주세요."

"……그게 뭔데."

"엥, 어른이 돼서 그것도 몰라요? 정의의 용사잖아요."

"맞아요. 악당이랑 막 싸워요."

그것도 모르느냐는 아이들의 힐난에 신은 울컥하기도 했으나 애들의 도발에 넘어가지 않았다.

'확실히 애는 애네.'

신은 미소를 지으며 말했다.

"그러니까 가면라이더가 가면 쓰고 나쁜 놈이랑 싸우는 거야?"

"네."

"알았어. 해줄게."

아이들이 신나 오예를 부르는 사이, 신은 김유리에게 가면라이더에 이야기해보기로 했다.

"조광우 선생님이 혹시 가면라이더 연기하신 거 아니죠?"

"맞아요."

신은 설마설마 싶었다.

"어이가 없네요."

겉보기에는 엄숙하고 무거워 보이는 40대 초반 남자가 아이들 앞에서 가면라이더가 되어 '정의의 검을 받아라!' 하는 모습은 쉬이 상상 되지 않았다.

김유리가 호호 웃으며 말했다.

"어이가 없죠? 저도 처음에 그랬어요. 그런데 잘하더라고요. 애들도 좋아하고."

이에, 신은 이 가면라이더가 과제라는 걸 알게 되었다.

'음…… 아이들 상대로 가면라이더라…….'

신은 가면라이더에 대해 대수롭지 않게 생각했다.

'그래, 아이들이잖아.'

그러나 이 생각이 오산이라는 걸 곧 깨닫게 되었다.

"그럼 가면라이더 갖다 드릴게요."

"아, 소품이 있나 보네요. 좋아요."

잠시 후.

신은 김유리가 가져다준 걸 멀뚱멀뚱 바라봤다.

"이게 다예요?"

"네."

빛바랜 망토 한 장 그리고 어설픈 가면 하나 플라스틱 검이 다였다.

"선생님이 이걸로 가면라이더를 연기했다고요?"

"네."

"대본이라던가 뭐 설정이라던가 아무것도 없어요?"

"네."

"허……."

하기야 이런 곳에서 그런 걸 기대하는 게 무리였다.

'선생님은 어떻게 이걸로 가면라이더를 해냈을까.'

신은 김유리에게 이에 대해 한번 물어보기로 했다. 그녀는 고개를 갸웃하며 말했다.

"잘 모르겠는데……."

이때, 김유리는 "아!"하는 감탄사를 내지르며 손뼉을 쳤다.

"검으로 시설관리 아저씨를 베었죠!"

"또 없어요?"

"네."

"그게 다에요?"

"네!"

"대충 연기를 어떻게 한 게 있을 거 아니에요?"

"나머지는 기억이 안 나는데?"

그녀의 말에 신은 정신이 아득해지는 걸 느꼈다.

'날 속이는 게 아니야. 정말 모르고 있어.'

신은 한숨을 쉬며 소품을 집어 들고 지원을 불렀다.

"형, 미안한데 악당 역 해주실 수 있어요?"

지원이 황당하다는 표정으로 중얼거렸다.

"악당……?"

"네."

신은 속으로 중얼거렸다.

'형도 어이가 없지만, 저도 어이가 없어요.'

이야기는 급조해서 얼추 구색은 맞추고, 손발을 적당히 맞췄다.

잠시 후, 신은 지원과 함께 아이들 앞에서 가면라이더 연기를 펼쳐냈다.

이를 감상하는 아이들은 어느 때보다 진지했고 누구보다 깐깐했다.

신이 마지막에 검을 휘두르자 지원이 "으윽. 분하다." 라는 말을 내뱉으며 쓰러졌다. 이에, 아이들은 고개를 가로저었다. 심지어 한숨까지 내쉬었다.

"가면라이더는 힘이 세요. 검 휘두르면 악당이 으악한다고요."

"그렇게 검을 휘두르지 않아요."

이 밖에도 아이들의 냉혹한 평이 줄줄이 이어졌다.

'아이들 눈 되게 까다롭구나.'

이때, 한 아이가 말했다.

"와, 역대급 노잼. 완전 핵노잼."

이 말에 아이들이 자지러지게 웃었다. 신은 황당한 표정으로 말했다.

"너네 그런 말 어디서 배운 거냐?"

"개그 프로그램에서요."

'요새 매스컴이 애들을 다 버려 놓는다니까.'

"얘들아 그냥 동화 구연해줄게."

"싫어요. 가면라이더가 좋아요."

양보는 없었다. 죽어도 가면라이더였다.

'이거 난감하다.'

아이들이 저마다 원하는 게 달랐다.

'똑똑한데 악당에게 당하고. 이건 멍청한 거잖아. 저돌적이지만 침착하고. 이건 뭐 이중 인격자고. 뭐, 악당에게

당하고 정의의 용사 특징이니 그렇다 치자고. 화가 나 있고 열혈이 넘치는 건 마초인데…….'

아이들이 말하는 내용도 다 단편적이다.

'이게 한 인물에 다 녹아있다는 건데.'

문제는 이거다. 신은 조광우가 아이들에게 보여준 가면라이더에 대해 잘 모른다는 거다.

'심지어 대본도 없어.'

인물에 대한 어떠한 정보가 있지 않은 상황에서 아이들이 원하는 모습에 맞춰 이를 표현한다는 건 맨땅에 헤딩하는 격이었다.

'내가 이 아이들의 구체적인 생각까지 어떻게 알겠어…….'

솔직히 말해 지금 이 상황은 총체적 난국이었다.

그러나 신은 어떻게 해야 가면라이더를 잘 나타낼 수 있을까 고민했다.

'애들 말하는 거 일단 다 맞춰보자.'

잠시 후.

아이들이 비명을 질러댔다.

"으아아아아앙!"

"악당이 불쌍해……!"

"용사가 악당이야."

신은 눈을 질끈 감았다.

'나보고 어쩌라는 거냐.'

☆　★　☆

신은 의자에 털썩 앉은 채로 창문 바깥을 바라보았다. 눈빛이 멍해 보이는 게 해탈이라도 한 듯했다.

"뭔가 바보가 된 느낌이 드네요."

아이들 앞에서 연기하는 건 정말 색다른 경험이었다.

"근데 애들 앞에서 연기하는 게 네 연기랑 무슨 관련이야?"

"음, 저만의 연기 색깔을 찾는 작업이랑도 관련이 있는데요. 아이들이 어느 정도 기대하는 모습에는 들어맞으면서 저만의 가면라이더를 보여줘야 해요."

지원은 로즈마리 차를 후후 불며 마셨다.

"아이들이 바라는 모두를 충족시킬 수 없잖아."

"네, 그렇죠. 그런데 무작정 제가 하고 싶은 대로 할 수도 없어요."

"하하, 맞아. 마음대로 하면 아까처럼 되지."

"진짜 난리가 났잖아요."

신은 한숨을 쉬었다.

"이 아이들의 기대와 제가 보여주고자 하는 가면라이더의 일치점을 찾아내는 게 다소 까다롭네요. 아이들 바라

는 건 일부 버리고 저만의 연기로 아이들의 이목을 끌어
야 해요."

"애들 단순하잖아. 이야기가 복잡할 필요도 없고. 화려
한 효과 넣어주고 눈요기할 거 보여주면……."

이때, 지원이 뒷말을 흘렸다.

"이제 아시겠죠? 지금 이거 칼 한 자루만 달랑 들고 적
진 한복판 뛰어든 거예요."

"흠……. 어려운 이야기네. 누가 이런 과제를 내 준거
야."

"제 연기 선생님이죠."

이때, 신은 문득 이런 생각이 들었다.

'사실 간단한 문제인 게 아닐까.'

눈높이 관점에서 아이들은 어른들과 다르다고 접근하
니 지금 이 문제가 어렵게 다가오는 게 아닐까 했다.

'난 고정관념에 빠진 건지도 몰라.'

신은 좀 더 폭넓은 관점에서 생각해보기로 했다.

'연기는 사람들 설득하는 작업이잖아.'

현실에 있기 힘든 가상적인 인물이라도 '아, 이런 인물
이 있구나.' 하고 믿게 하는 게 배우가 하는 일이다. 어떻
게 보면 이 배우도 작가처럼 창조적인 거짓말쟁이다.

아무튼, 지금 신이 해내야 하는 과제도 이 관객의 '설
득'과 밀접하게 맞닿아 있었다. 물론 지금 같은 경우에는

대상이 '아이들'이고 '가면라이더'로 주제가 한정되어 있지만, 큰 틀에서 본다면 결국 '설득'이었다.

'이 한정된 상황에서 난 아이들을 어떻게 설득해야 할까.'

신은 조광우가 아이들에게 보여준 가면라이더를 과감하게 포기하기로 했다.

'알아내 봤자지. 조 선생님의 가면라이더 흉내 내기밖에 안 돼.'

흉내 내기는 결국 모방이다.

이 모방으로 통해서 조광우의 가면라이더를 뛰어넘을 수 없을 테다.

이왕 하는 것이라면 신만의 색깔로 아이들의 호응과 관심을 끌어내는 게 좋을 듯싶었다.

이제는 신의 자존심도 달린 일이었다.

'나를 나타내는, 나의 색이 드러나는……'

다시 골치 아픈 원점으로 돌아왔다.

'이거 쉽지가 않네.'

그래도 이제 방향성은 보인다.

'일단 가면라이더라는 가공의 인물을 만들어내 봐야겠지.'

신은 '만약 …라면 어떨까?' 하고 특정 상황을 가정해보는 'if magic'에 기초해보기로 했다. 이 'if magic'이란 예술가 스타니슬랍스키가 말한 상상력 훈련법인데, 배우가 각종 상황이 일어나는 가공의 차원에 서서 각종 사건에 부닥침으로써 내적 이미지들을 일깨우는 것이었다. 쉽게 말하자면 대리 체험이다.

문득 신은 이 상상력 훈련에서 스타니슬랍스키의 〈나무 체험〉 할 때가 불현듯 떠올랐다.

'선생님은 나에게 나무가 되라는 걸 요구하셨지.'

― 어떤 나무가 되었지?

나무도 종류가 있었다. 떡갈나무인지, 밤나무인지, 벚나무인지.

또 모양도 다양했다. 두께는 좁은데 키가 기다란 나문지. 키가 자그마한 나문지, 아니면 구부러져 있는 나문지.

― 이번에 주위에 나는 소리를 듣고 말해봐라.

당시 신은 이 질문을 듣고 의아해했다.

― 나무라고 해도 어느 장소에 있을 거 아닌가. 산 정상인지, 식물원에 있는지, 집에서 키우는 나무인지.

산 정상이라면 바람과 등산객의 소리가 날 테고 식물원에 있다면 견학하러 온 아이들이 떠드는 소리가 날 테다. 설령 집에서 자라나는 나무라고 해도 생활 소음을 들을 수 있을 터였다.

신은 창 너머 마당에 아름드리 서 있는 잣나무를 응시하며 말했다.

"형, 나무가 되어 봐야겠어요."

"응?"

신은 지원이 이해하든 말든 자리에서 일어서서 바깥으로 나갔다.

지원은 어이없는 표정을 지으며 신의 뒤를 따라나섰다.

잠시 후, 두 사람은 마당에서 우뚝 솟은 잣나무를 바라보았다.

"형은 사람이 나무가 될 수 있다고 생각해요?"

"아니."

"왜죠?"

"사람은 나무와 다르잖아."

일반적으로 사람의 피부는 부드럽고, 나무의 껍질은 두껍고 딱딱하다.

"하지만 생각으로 할 수 있잖아요."

"뭐, 그렇게 말하면 내가 할 말 없지."

신은 잣나무의 껍질을 만졌다. 딱딱하면서도 차가웠다.

"그런데 형 말이 맞아요. 사람은 나무가 될 수 없어요. 상식적으로 그렇잖아요."

신의 말에 지원은 떨떠름한 표정을 짓고 있는데, '그래서 뭐, 어쩌라고.' 라고 말하고 있는 거 같았다.

신은 지원의 반응에 아랑곳하지 않고 나무를 유심히 살폈다.

'재질, 촉감, 모양새…….'

신은 이것만 보는 게 아니었다. 나무의 냄새, 주변의 냄새 등 모든 감각 정보를 내면으로 느끼고 있었다.

– 나무가 완전히 될 수 없다고? 당연하지. 하지만 나무라고 믿어야 한다. 배우가 배역을 연기할 때도 그렇다. 그 순간은 살아있는 배역이라고 굳게 믿어야 배역으로 살아나는 것이지. 믿음이 없는데 그 배역으로 어떻게 살아있겠어?

신은 서윤도와 완전히 하나가 된 순간을 떠올렸다.

촬영하면서 딱 한순간, 모든 걸 다 토해냈을 때였다.

신은 자신을 잊어버렸고, 서윤도로 살아있다는 걸 느꼈다.

'서윤도 연기를 하면서 난 서윤도로 살아있다고 믿었던 건 아닐까?'

물론 최선을 다했긴 다 했다.

'그러나 이게 다인가? 끝인가?'

신이 스스로에 되묻자, 저 자신만의 진실한 소리가 깊숙한 곳에서 우러나왔다.

'서윤도를 연기할 때 나는 서윤도인가, 아니면 신일까?'

'이 모든 게 나라고 하면 난 도대체 뭐지?'

생각이 꼬리를 물고 또 물었다.

신은 저 자신이 부끄러웠다.

'난…… 연기에 대해 정말 아는 게 없구나. 나에 대해서도……'

신은 자신이 끝이 보이지 않는 망망대해에 있다는 걸 알게 되었다.

'난 정말 왜소한 존재구나.'

신은 우중충한 하늘을 올려다보며 두 팔을 벌렸다.

나무가 되어보기로 한 것이다.

땅을 지탱하는 다리는 나무뿌리였고, 몸통은 나무의 몸통이었고, 두 팔은 나뭇가지였다.

이때, 비가 내리기 시작했다.

툭- 툭-.

"아! 우산 들고 올게."

지원이 집 내부로 뛰쳐들어갔다. 신은 그 자리에 그대로 서서 비를 맞기 시작했다.

신을 두드리는 비는 점점 거세졌다. 그러나 신은 기분이 정말 좋았다.

나무가 느낄 비의 생생한 질감을 그대로 느끼고 있으니까.

비가 얼굴을 툭툭 때리는 건 나무 잎사귀를 툭툭 때리는 거 같았고, 몸을 적시는 비는 나무의 딱딱한 껍질을 부드럽게 축이는 거 같았다.

이때 신은 한 가지 사실을 깨달았다.

'난 나무 자체가 될 수 없고, 가면라이더 그 자체도 될 수 없어.'

사람이 나무가 되어보는 건 말이 되지만 나무가 되는 건 말이 되지 않는다.

신은 어디까지나 사람이니까.

배역도 그렇다. 특정한 상황 속에서 인물이 느끼는 감정과 생각을 '공감' 하고 그 인물에 '동화' 하는 것이다.

'하지만 나무가 된다고 믿을 수 있고, 가면라이더가 된다고 믿을 수 있어.'

이렇게 생각하자 신의 머릿속을 가리던 뿌연 안개가 걷히기 시작했다.

'그래, 난 한계를 지녔지만, 가능성을 지닌 존재지.'

이른바 모순적인 존재였다.

이때, 지원이 헐레벌떡 뛰어와 신에게 우산을 씌워주었다.

신의 입가에 미소가 맺혔다.

"형, 이제 알 거 같아요."

"뭘……?"

"가면라이더요."

물론 가면라이더에 대해 수확을 얻은 게 아니었다.

앞으로 어떤 연기철학을 구축해낼 것인지에 대해서도

방향성을 얻었다.

'나의 연기가 무엇을 지향해야 하는지 알 수 있을 거 같아.'

더불어 신이 지닌 연기 색깔에 대해서도 말이다.

한편, 지원은 나무가 된 것과 가면라이더랑 무슨 상관을 띠는지 도무지 이해할 수 없었다.

이때였다. 신은 별안간 마당 한가운데로 뛰어갔다.

"어어…… 뭐하는 거야."

그리고 신은 두 팔을 벌리며 떨어지는 비를 온몸으로 만끽했다.

"나무가 느끼는 자유에요."

지원은 신이 몸으로 나타내는 나무의 춤을 바라보며 어이없다는 표정을 지었다.

"정신 나간 소리 하지 말고, 우산이나 써! 감기 걸려."

그런데 이상한 일이었다.

지원의 눈에 미소 짓고 있는 신이 정말 멋져 보이니 말이다.

'어쩌면 이 녀석의 정신 나간 매력에 반한 건지도…….'

지원의 입가에 미소가 맺혔다.

☆　　★　　☆

    오후부터 내리던 비가 밤까지 추적추적 내리기 시작했
다.

    "그러니까 아까 이중성을 깨달았다고?"

    "네, 일종의 양면성이라고 해야 할까요."

    "나무가 된 게 그거랑 무슨 상관이야."

    신이 자초지종 설명해주었다.

    "나무가 되는 게, 배우가 배역이 되는 것에 대입하면 이
해가 될 거에요."

    "아…… 그 질문이 배우가 배역이 될 수 있느냐는 질문
이었구나."

    "뭐, 그렇죠."

    "배우가 배역이 되는 게 좋잖아."

    "근데 그게 또 무조건 되려고 매달리면 강박 관념에 시
달리거든요. 또, 배역이 되어 보이는 건 몰입하면서 주어
지는 결과물이지 내가 막 하고 싶어서 무작정 되는 게 아
니라고 해야 할까요."

    "하긴 그렇겠네. 자연스러운 연기가 안 나오겠네."

    "아무튼, 전 가면라이더가 될 수 없다는 걸 깨달았어
요."

    지원은 이건 또 무슨 소리인가 싶었다.

"안 되면 안 되잖아."

"정확히는 영웅이 될 수 없다는 거죠. 완전한 가면라이더가요."

"그럼 악당이 되겠다는 거야?"

"음, 비슷하면서도 다른데. 제가 보여주려는 가면라이더는 영웅도 선악을 지닌 한 인간이라는 거죠."

"너 말 참 어렵게 한다."

"이게 제가 생각한 가면라이더에요."

신이 가면라이더 구상에 말하자 지원은 엄지를 척 내밀었다.

"괜찮은데? 좋다. 정말 좋아!"

"그런데 김유리 선생님 도움이 필요해요."

잠시 후.

신은 김유리를 찾았다.

"선생님."

"네?"

"아이들이 말 잘 따르고, 인기가 엄청나게 많은 아이돌 되고 싶지 않나요?"

거부할 수 없는 솔깃한 제안이었다.

"……뭔데요."

"저 좀 도와주셔야겠어요."

　아이들은 신이 가면라이더를 보여주겠다는 말에 긴가
민가한 반응을 보였다.

　'한번 떨어졌던 신용…… 회복하기 쉽지 않구나.'

　"뭐, 이번 한 번만 믿어 줄게요."

　한 아이가 거들거리며 말했다.

　"맞아요. 다음에 국물도 없어요."

　보이는 반응이 애들답지 않았다.

　신은 속으로 허허 웃었다.

　'요새 애들이 애들이 아니라니까.'

　잠시 후, 아이들은 교실로 쓰는 방에 옹기종기 모여 앉
았다.

　조그마한 교단이 바로 무대였는데, 성인 열 명이 위로
올라오면 찰 정도인 조그마한 공간이었다.

　곧이어, 이 무대 위에서 가면라이더가 시작되었다.

　분장한 지원이 나타나 분위기를 잡았다. 이에, 망토를
둘러쓴 신이 장난감 플라스틱 검으로 지원을 베었고, 지
원이 소리를 질렀다.

　"으악……!"

　아이들은 곧장 흥미가 식은 눈길로 무대를 바라보았다.

　그러던 이때 불이 어두워졌다.

김유리가 조명을 끈 것이다.

악당 역을 맡은 지원이 몸을 재빨리 숨기며 외쳤다.

"가면라이더! 난 죽지 않는다!"

신은 무릎을 꿇으며 플라스틱 검을 잡고 부들부들 떨었다.

"이런 악랄한 놈. 내 몸 안으로 들어오다니."

이전과는 다른 색다른 전개에 아이들은 집중하기 시작했다.

신이 생각해낸 건 바로 '일인극'이었다.

화려한 음향 효과도 시각 효과도 필요 없다. 보여주는 것만으로도 긴장감을 얼마든지 살릴 수 있었다. 게다가 관심을 한 곳에 집중할 수 있으니 이런 곳에서 일인극은 정말 안성맞춤이었다.

불이 켜지자 아이들이 힘에 겨워하는 신을 바라보았다.

"내 몸에서 나가……! 나가라고!"

신이 미소를 지으며 낮은 목소리로 중얼거렸다.

"싫은데?"

이때 신은 아이들과 시선을 살짝 마주쳤다.

눈을 직접 바라보면 아이들이 놀랄 게 뻔했기 때문이었다.

이럼에도 아이들은 놀란 표정으로 서로의 눈치를 바라보았다.

이때, 신은 숨을 거칠게 헐떡이며 이를 악물었다.

"큭! 난 너에게 질 생각이 없어."

신의 얼굴에서 다른 얼굴이 튀어나왔다.

이번에는 악당이었다.

"아니…… 넌 나에게서 벗어날 수 없어. 넌 악당이 되겠지."

신은 고개를 가로저으며 아이들을 바라보며 진중한 말을 내뱉었다.

"난 맹세했어. 악당을 물리칠 거라고. 지지 않을 거라고. 난 네가 다른 사람들을 괴롭히게 하지 않을 거다. 그러니 난…… 난…… 너에게 질 수 없어."

어른들이 보기에 정말 유치해 보일지도 모르는 원맨쇼.

그러나 신은 진지했다.

신은 악당을 정말로 이겨낼 수 있다는 강렬한 믿음을 가지고 대사를 내뱉었다. 진심이란 통하기 마련이었다.

참으로 실감 나는 신의 연기에 아이들은 신에게 감정이입을 하기 시작했다.

"악당이야."

"악당이 가면라이더 몸에 들어왔어."

김유리는 속으로 중얼거렸다.

'언뜻 보면 혼자서 왜 저러나 싶지만…….'

그녀도 동화 구연을 할 줄 알았기에, 한 사람이 두 역을 동시에 표현하는 게 어렵다는 걸 잘 알고 있었다.

'난 백설공주와 마귀할멈을 다 표현하려다가 캐릭터가 섞이면서 망친 적이 있었는데……. 그나저나, 지킬과 하이드인가.'

선과 악, 두 가지 상반된 인격이 부딪치는 게 지킬과 하이드가 싸우는 것처럼 보이는 건 그녀 혼자만의 상상일까.

'그 유명한 지킬과 하이드의 대립인 〈confrontation〉을 응용한 게 아닐까 싶은데…….'

그녀의 생각과 달리 신은 이 지킬과 하이드에 두고 아이디어를 떠올린 건 아니었다.

'나보다 더 잘 하네.'

설령 신이 이 점에 착안했다고 해도 그녀는 높은 점수를 주고 싶었다. 두 인격의 대비로 선과 악의 대립을 정말 잘 살려내고 있으니 말이다.

'광우 제자라더니…… 역시 심상치 않은 친구네.'

곧이어, 아이들은 정의의 용사가 고통스러워하는 게 싫어 발을 동동 굴렀다.

이때, 아이들이 이구동성으로 외쳤다.

"힘내!"

"지면 안 돼!"

아이들은 신이 연기하고 있다는 걸 그만 까먹고 말았다.

☆　★　☆

　이후의 간이 공연은 이렇게 흘렀다.

　신이 계속해서 위기를 겪자 아이들은 제멋대로 무대로 난입하여 신에게 힘을 불어넣어 주었다. 그러나 신은 이겨내지 못했다. 이에, 아이들은 아아 하는 탄식을 내질렀다. 심지어 신을 때리기까지 했다.

　"라이더 몸 안에서 나가!"

　신은 이 기세를 몰아 긴장감을 더더욱 넘치게 몰아갔다. 플라스틱 검으로 자신의 몸을 베려고까지 했다. 분명 플라스틱 검인데, 플라스틱 검으로 몸을 베어도 다치지 않는 것쯤은 아이들도 알고 있었다.

　한데, 분위기가 정말 장난이 아니었다. 아이들이 보기에 플라스틱 검이 신을 정말 벨 거 같았고, 신이 정말 자해라도 하는 거 같았다. 이에, 아이들은 질겁하여 죽지 말라고 말하며 신을 안았다.

　"안 돼요! 안 돼!"

　"하지 마!"

　그러던 이때!

　스카프를 뒤집어쓴 김유리가 등장했고, 신을 원래 정의의 용사로 되돌려냈다. 이른바 데우스엑스마키나 같은 외적인 장치가 나타난 것이다.

아이들의 간절한 기도가 여신에 닿아 여신이 기적을 부렸다는 게 내용이었는데, 아이들은 개연성 문제를 신경 쓰지 않고 그저 즐거워했다.

'아이들에게는 그저 재밌기만 하면 장땡이겠지.'

신은 아이들의 감정 구체가 붉게 빛나고 있는 걸 바라보면서 즐거움의 본질이 무엇인지 새삼 깨달았다.

'이야기에 몰입하게 해서 흠 같은 것에 최대한 신경 쓰지 않게 하는 게 정말 중요한 문제인 건지도 모르겠다.'

지금의 간이 공연의 이야기는 정말로 단순했다.

'영웅이 악당에 대적하다 위기에 봉착하고, 위기에서 해결하게 된다. 솔직히 여러모로 부족한 이야기지.'

그러나 신은 이 부족한 점을 출중한 연기력으로 때워 버렸다.

'역시 중요한 건 풀어나가는 방식이야.'

신은 속으로 중얼거렸다.

'그런데 여기서 배우가 연기해야 할 인물과 이야기가 별로라고 하면 골치 아파지겠지.'

작가와 배우가 작품을 같이 하는 경우 배우는 훌륭한 각본가를 만나길 원한다.

각본가도 능력 있는 배우가 저 자신의 작품을 제대로 소화해주고 나타내주기를 원한다.

신은 문득 이런 생각을 떠올렸다.

'앞으로 바람의 공주처럼 뛰어난 이야기 계속 만나기 힘들 거야.'

솔직히 신인 주제에 바람의 공주를 하게 된 건 운이 정말 좋은 경우였다.

또, 이 경력으로 다른 신인보다 유리한 고지에 서서 좋은 작품을 고를 수 있을 테다.

그러나 사람 일이란 게 어찌 흐르게 될지는 아무도 모르는 일이었다. 흥행이 되지 않을 거 같아도 작품이 좀 마음에 든다 싶으면 작품을 하기로 마음먹을 수 있는 일이었다.

'겸허한 자세로 신인의 마음으로 행동해야 해.'

신은 연예계에서 사람이 얼마나 한순간에 가버릴 수 있는지 어렴풋이 알고는 있었다.

항상 겸손해야 했다.

'아이들 앞에서 연기하면서 많은 걸 깨닫는구나.'

신은 모자라는 걸 느꼈다.

모자래서 채울 게 너무 많았다.

'어찌 된 게 연기하면 할수록 잘하고 싶은 욕심이 더더욱 커지지.'

신이 느끼는 허기는 바닷물을 마셔도 마셔내도 채워지지 않는 무한한 갈증 같은 것이었다. 그러나 이는 성장할 수 있는 여지가 있는 말이기도 했다.

일단 지금으로써는 아이들이 원하는 가면라이더를 만들어냈다는 게 신은 기뻤다.

선생님의 과제를 해냈다는 것에 안도감이라고 해야 할까.

'사소한 것에서 만족해나가자.'

한편, 극이 끝나자 아이들은 김유리 주위로 옹기종기 모여 있었다.

"선생님!"

"선생님 최고예요!"

아이들은 부끄러움이 많던 김유리가 아이들 앞에 직접 나섰다는 게 신기하기만 했다.

"화장했어요? 예쁘시다."

김유리는 평소 화장을 잘 하지 않았다. 수수한 얼굴에 옷도 살짝 후줄근하니 아이들의 눈에는 예쁜 선생님으로 보이지 않았다. 하나, 지금은 화장도 하고 옷차림에도 신경 썼으니 세련되게 보였다. 여자아이들이 이런 달라진 김유리의 모습을 더더욱 좋아했다.

사실 아이들은 젊고 멋지거나 예쁜 선생님을 더 선호한다. 늙은 선생님과 이야기가 안 통한다고 생각하지만 젊은 선생님과 이야기가 통한다고 생각하기 때문이었다.

본의 아니게 아이들에게 둘러싸이게 된 그녀는 난처한

표정을 지었다.

"애들아. 이제 자러 가야지."

"선생님 최고예요!"

신과 김유리가 시선을 불현듯 마주쳤다. 김유리가 희미하게 웃으며 신에게 고맙다는 인사를 보냈다.

'감사합니다.'

'에이, 괜찮아요.'

이때, 조그마한 여자아이가 신에게 쪼르르 다가왔다.

"십 점 만점에 십 점 드릴게요."

신은 정화가 내미는 종이를 받아들였다. 종이에는 삐뚤삐뚤한 글씨로 10이라는 숫자가 적혀 있었는데, 자기 딴에는 정성스레 크레파스로 숫자를 적은 듯했다.

"고마워."

신은 싱긋 웃으며 정화의 머리를 쓰다듬어주었다.

"헤헤."

정화는 얼굴을 붉히며 다리를 배배 꼬았다.

"저기 오, 오빠."

"응?"

"코코아 한잔 하러 갈래요? 저 맛있게 타드릴 수 있는데."

신은 이런 당돌한 정화가 귀엽기만 했다.

"그래."

뒤에서 아이들이 얼레리 꼴레리 하는 소리가 났다. 정화는 아무래도 상관도 없다는 듯 신의 손을 기품있게 잡을 뿐이었다.

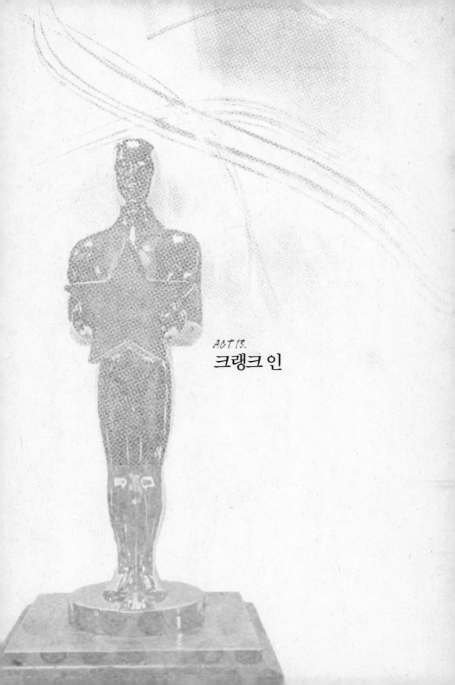

ACT 13.
크랭크 인

ACT 13.
크랭크 인

술잔과 술잔이 부딪쳤다.

"캬! 술맛 좋고."

턱 밑에 수염이 덕지덕지 난 남자는 안주를 입에 쑤셔 넣으며 말했다.

"석규야, 근데 이거 진짜 어떡하나."

〈양과 늑대〉 각본을 쓴 이종화 영화감독은 고민 중에 휩싸여 있었다. 배역 캐스팅은 하나도 이루어지지 않은 상황이었으나 막연한 그림은 그려진 상태였다. 문제는 주인공 배역이었다.

"잡힐 듯하면서도 안 잡힌다. 내 감독 생활 어언 십 년 찬데, 이번 거 너무 힘들다."

이 양과 늑대에서 남민수는 극 중에서 사이코패스 인물이다. 보통 이 사이코패스는 반사회적 행동을 하고 남의 아픔과 고통에 공감할 줄 모른다. 게다가 자기중심적이고 충동적이다.

그러나 이 남민수는 평범한 사이코패스가 아니다.

마음으로 사람의 감정이 무엇인지 이해는 못 하지만 머리로는 이해하려고 노력한다. 게다가 기계 공학의 천재다. 그렇기에 차갑고 계산적이며 정적이다. 자기를 절제하고 냉정함을 유지할 줄 안다. 그러니 표현하기가 다소 어렵다. 표정과 감정을 잘 드러내지 않아서다.

그러던 이때, 배우 이석규가 말했다.

"형님, 그냥 서효원 씁시다."

이석규.

잘 나가는 흥행배우는 아니었으나 나름대로 인지도가 있는 배우로 이종화 사단을 대표하는 인물이다. 지금 이 자리에 이석규가 있는 건 극 중의 남민수를 추적하는 대한민국 최고의 검사 '박건'이라는 역에 내정되어 있어서였다.

"안돼, 몸값이 비싸잖아."

"에이, 어때요. 내 몸값 좀 깎으면 되죠."

"똥 같은 소리를 해야지. 너 이번에 애 중학교 보낸다며. 돈 많이 필요할 거 아니야."

이종화가 이석규 소주잔에 소주를 따르며 말했다.

"그러니 그런 소리 마. 이번 거 히트 쳐서 게런티 챙겨 줄 거니까."

이석규가 소주를 마시며 말했다.

"아직 녹화도 안 들어갔는데 무슨 그런 약속을 해요. 나 참. 그래도 말은 고맙네요."

그러던 이때, 식당 아줌마가 호들갑을 떨며 나왔다.

"나 참 정신 좀 봐! 드라마 트는 거 깜빡했네."

아줌마는 가게 TV 채널을 바꿔 한 드라마를 틀었다. 바람의 공주였다. 수다를 떨던 사람들은 말을 멈추고 티비를 바라보았다.

두 사람은 하루 이틀도 아니라는 듯 술을 나눴다. 지금의 진풍경은 오후 열 시 정도가 되면 어느 가게에서 볼 수 있는 풍경이었다.

술잔과 술잔이 부딪쳤다.

이때, 이석규가 화면을 손가락으로 가리키며 말했다.

"저기 딱 있네, 있잖아요. 서윤도."

"근데 쟤는 좀 안 어울리는 거 같지 않아? 완전히 폭발하잖아."

"감정에 쏠려도 배역에 휩쓸리지 않던데요? 자기중심은 딱 있던데. 뭐, 그래도 배역에 대한 몰입감 하나는 죽여주지 않아요?"

"그건 그렇지."

"아무튼, 제작비가 한정되어있다는 거 이게 문제잖아
요."

이석규가 맹점을 정확하게 찔렀다. 이종화는 아무 말도
할 수 없었다. 만일 이종화 감독이 정말 잘 나가는 감독이
라면 이 제작비 문제에 고민하지 않을 테다.

"이런 닝기리. 전작은 물론 그전의 전작도 시원하게 말
아먹어서 그렇지."

"하여간 운도 안 좋아요. 배우 스캔들이 터지지 않나,
천만 관객 작품 때문에 상영관 밀리지 않나."

그래도 전작은 손익분기점은 아슬아슬하게 도달했다.

뭐, 상황이 어떻고 간에 두 작품을 시원하게 말아먹었
다. 이러니 대부분의 투자사가 선뜻 나서려고 하지 않았
다. 이러한 사정을 잘 알고 이종화 감독의 능력을 믿는 투
자사만이 나설까 말까 하는 정도라고 해야 할까.

어쨌건 몸값은 싸면서 서효원만큼 연기력이 출중한 젊
은 배우가 필요했다.

아니, 그 정도는 바라지 않는다.

배역을 딱 소화해낼 수 있는 수준만 되면 된다.

"형님, 지금 찬물 더운물 가릴 때 아니에요. 우리가 수
그러들어 가야 한다고요. 솔직히 지금 우리 상황에서 쟤
만큼 최고의 카드가 어딨겠어요?"

"강우진이도 있잖아."

이석규가 고개를 가로저으며 말했다.

"이건 정식 발표는 아닌데 배우는 은퇴하고 본업에 집중할 거라는 소식이 돌던데, 이 소식 못 들었어요?"

어느 업계고 간에 은밀한 정보가 돌기 마련이다. 연예계에서는 대중에게 발표되지 않은 이야기라도 업계 종사자라면 알음알음으로 알고 있는 경우가 많았다.

"그거 진짜야?"

이석규는 어깨를 으쓱였다.

이종화는 중얼거렸다.

진짜면 낭팬데.

"아직 시간은 더 있으니 찾아봐야지."

이로부터 며칠이 흘렀다.

☆　★　☆

"가지 마요!"

신은 낭패가 섞인 표정으로 정화를 바라보았다.

밤 몰래 매니저 지원과 함께 떠나려고 했는데 정화에게 그만 들켜버렸다.

어린아이만의 특유한 감이라도 있는 것일까.

"가려면 내일 가요!"

신은 지원을 바라보았다.

'이거 어떻게 해요?'

'내일 가지 뭐. 밤길도 어둡잖아.'

"그래, 내일 갈 게."

정화가 눈에 눈물을 그렁그렁하며 신의 품에 안겼다.

신은 이해하기 힘들었다.

'다른 아이는 안 이런데, 정화만 나를 유독 좋아하네.'

아무리 생각해봐도 참으로 이상했다.

'왜지? 내가 한 건 딱히 없는데.'

신이 정화를 어르고 달래자 정화의 마음 구체의 색깔이 파란색에서 붉은색으로 변했다. 이 선명한 붉은빛이 신은 이상하게도 신경 쓰였다.

'혹시 나와 잘 통하는 특정한 대상이 있는 걸까.'

신의 머릿속에서 한 기억이 떠올랐다.

'말을 탈 때 말과 통한다는 걸 느꼈지.'

이것만이 아니었다.

주예리와도 그랬다.

'혹시 이번에도?'

어쩌면 정화가 신에게 끌려 하는 건 신이 다른 사람이라는 걸 어렴풋이 알고 있는 것일지도 몰랐다. 그러나 신은 정화에 대해 대수롭지 않게 여기고 있었다. 어린아이니까. 그 이상의 의미를 부여하지 않은 것이다. 그렇기에 신은 정화가 신을 좋아하는 것이 단순한 호감이나 풋풋한 치기 어린 감정이라고 생각한 것이었다.

신이 마음을 달리 먹으니 정화가 달라 보였다. 이성으로 바라보는 건 아니었다. 동등한 눈높이에서 하나의 인격체였다.

이때, 마음과 마음이 통하기 시작했다.

뭔가 끈끈한 유대가 이어진다고 해야 할까. 두 사람 사이 보이지 않는 끈이 이어진 거 같았다.

'이전보다 강렬해.'

그리고 이때, 신의 내면으로 강렬한 감정이 신의 머릿속을 울렸다.

'가지 마······!'

신은 믿기 힘들다는 표정을 지었다.

'설마····· 마음이 통하는 상대와 내면의 교감을 나눌 수 있는 건가?

정확히는 접촉을 통해 특정한 감정과 관련된 특정한 생각을 알 수 있다는 것이었다.

'감정 색깔만 볼 수 있는 게 아니었구나.'

신은 감정 구체의 색을 봄으로써 상대방의 감정 상태를 대략 아는 게 가능했다.

한데, 이제는 이것만이 아니었다. 상대의 마음을 읽는 게 가능했다. 그렇다고 사람이 떠올리고 있는 모든 생각을 읽어내는 건 아니었다. 특정한 순간에만 떠오르는 단편적인 생각만을 읽는 게 가능했다.

'감정과 관련된 능력이 진화한 건가.'

문득 이런 생각이 떠올랐다.

'감정 생각을 읽는 건 정말 조건이 따르는 건가?'

신은 이 능력에 '감정 생각'이라는 이름을 붙이기로 하고 이를 한번 시험해보기로 했다.

신이 지원에게 손을 대자, 지원이 신을 멀뚱멀뚱 쳐다보았다.

"왜 이러냐?"

아무 소리도 들리지 않았다.

'역시 아무렇게나 사람의 생각을 읽어낼 수 있는 건 아니야. 대상과 내적으로 소통하여 '동화'를 이뤄야 해.'

다시 정화와 접촉해보았다.

'가지 않았으면 좋겠다.'

이로써 신은 확신할 수 있었다. 상대방의 '감정 생각'을 알 수 있는 건 신에게 강렬한 호감을 지니거나 마음을 활짝 열고 소통하는 경우에서 가능한 것이라고 말이다.

'그럼 나랑 호흡을 맞추고 나에게 호감을 지니는 배우라면 감정 생각도 알아내는 게 가능한 건가.'

지금의 검증대로라면 가능하지 않을까 싶었다.

'아쉽긴 아쉽네. 여러 조건이 충족되어야 상대의 감정 생각을 단편적으로나마 알 수 있으니 말이야.'

그래도 이 감정 생각 듣기는 여러모로 활용이 가능할 듯했다.

'상대방 배우와 호흡을 맞추는 데 좀 더 도움되겠지.'

물론 극 중의 경우 접촉하는 게 나와야 할 테지만.

신은 아무래도 좋았다.

'어쩌면 이게 끝이 아닐지 모르지.'

신은 감정 관련 능력의 개화가 내적 성장과도 관련이 있는 게 아닐까 싶었다. 깨달음을 얻고 나서 감정 관련 능력이 깨어났으니 말이다. 한편, 혼자 들떠 희희낙락하는 신이 지원의 눈에는 이상해 보이기는 했으나 정화의 눈에는 그마저도 멋져 보였다.

'나랑 있는 게 그렇게 좋은 건가 보네.'

그렇게 신에 대한 정화의 오해는 더더욱 깊어지고 있었다.

그리고 야심한 이 시각, 잠을 못 이루는 한 여인이 있었다.

"아, 나 왜 이러지 진짜!"

예리는 침대 위에서 이불을 발로 팍팍 찼다.

"미치겠네, 진짜. 나 천하의 주예리야. 너 톱스타 될 여자라고. 누구보다 도도한 여자잖아."

사실 예리가 이럴 만도 했다. 눈을 떠도 한 사람이 생각나고 눈만 감아도 한 사람이 눈앞에서 아른거렸으니까.

"무슨 소녀도 아니고. 천하의 주예리가 이러다니. 미쳤어. 너 정말 미쳤어."

예리는 신과는 그저 사이가 좋은 누나 동생 사이라고 생각하며 확실한 마음의 선을 그어놓고 있었다. 한데, '그 날'이 모든 걸 뒤바꾸고 말았다. 그날은 바로 기억을 잃은 서윤도와 화란 공주가 재회하면서 입을 맞출 뻔한 것을 촬영한 날이었다.

그녀의 귓가에서 선명한 붉은 입술이 내뱉는 대사가 울렸다.

– 나를 아시오?

그리고 신과 입을 맞출뻔한 기억이 그녀의 눈앞에 선명하게 떠올랐다. 그녀는 망연자실한 표정으로 이럴 수 없어 중얼거리다 소리를 내지르기까지 했다.

"내가 왜 이러지. 내가 도대체 왜 이러는 거냐고."

예리는 자리에서 벌떡 일어나 화장대 거울을 바라보았다. 얼굴이 화끈거리고 있었다.

'강신, 너 나에게 무슨 마법을 부린 거야? 어?'

그녀는 연기 판을 전전하면서 여러 배우와 호흡을 맞추면서 나름 뭔가 통했다고 느낀 적도 더러 있었다. 한데,

뭔가 통했다는 차원을 넘어 '하나'가 되었다고 느낀 적은 단연코 처음이었다.

　이는, 그녀의 내면 세계를 뒤흔드는 강렬한 경험이었고, 그녀가 지금 펄쩍 날 뛸 정도로 신과 주예리간의 상성과 호흡은 정말 잘 맞았다. 이에, 바공 애시청자들은 '이 두 사람의 케미가 장난이 아니다.'는 등 '둘이 사귀는 게 아니냐.'는 우스갯소리를 많이 하고는 했다. 물론 주예리 팬클럽 아이스타 회원들은 이런 반응을 달가워하기도 했고 싫어하기도 했다.

　'하아……'

　예리는 폰을 힐끔 바라보고는, 폰 수신 내용을 확인했다.

　부모님 친구 문자 빼고는 단 한 개도 없었다.

　단 한 개도!

　"너무 한 거 아니야. 하다못해 잘 지내느냐고 연락 와야 하는 거 아니야?"

　그녀는 씩씩거렸다.

　'지금 나랑 밀당하자는 것도 아니고. 아, 이건 나 혼자서 밀당하는 건가.'

　문득 신에게 한 번 연락이라도 보내볼까 싶었다.

　이내 예리는 고개를 가로저었다.

　'아냐! 내 자존심도 있지. 게다가 내가 저번에 보냈잖

아. 이번에 또 보내면 애가 뭐라고 생각하겠어. 웬 이상한 누나가 치근덕거린다고 생각하겠지.'

그녀는 오지도 않는 잠을 애써 청하며 잠들기로 했다.

'아, 일단 자고 생각하자. 그래, 자면 모든 게 나아지는 거야. 아니, 연락 안 오면 그냥 끝이야, 끝. 더는 미련을 가질 필요가 없다고.'

다음날, 그녀는 잠결에 뜬 눈으로 진동과 벨음에 울리는 폰을 바라보며 내용을 확인했다.

한데, 문자를 보낸 이의 이름이 심상치 않았다.

정신이 번쩍 깬 그녀는 입가 주변에 살짝 흘린 침을 닦고 침대에서 벌떡 일어났다.

'포토 문자잖아.'

사진에는 아이들과 함께 함박웃음을 짓고 있는 신이 있었다.

"뭐야 유치하게 시리……."

신은 망토를 착용하고 있었는데 플라스틱 검과 가면을 들고 있었다. 그래도 싫지 않았다.

'이러면 미련이 생기는데.'

예리는 신에게서 온 포토 문자를 수신보관함에 보관했다.

'흥. 고마운 줄 알아라, 이것아.'

속마음 말과 다르게 그녀의 입가에 따뜻한 미소가 걸려 있었다.

☆　★　☆

신은 하루 더 머무르는 거 복지원에 며칠 더 머무르기로 했다. 노후 된 시설이 내심 마음에 걸려서였다. 이를 보수해주는 등 인테리어를 살짝 손 보기도 하고 깔끔하게 청소하기도 했다.

신은 마음에 든다는 표정으로 복지원을 바라 보았다.

'그래, 목적 달성했다고 매정하게 떠나는 것보다 이러는 게 낫지.'

한편, 복지원에 컴퓨터도 있었으나 작동되지 않거나 속도가 느린 게 대부분이었다. 신은 큰마음을 먹고 새 컴퓨터로 바꾸기로 했다. 물론 자비였다. 연기하면서 번 돈이 지출되면서 통장이 텅텅 비워지게 되었으나 아이들이 새 컴퓨터를 보고 기뻐하는 모습을 보니 기분이 나쁘지 않았다.

'봉사하는 것도 나쁘지 않네.'

신은 틈틈이 봉사해야겠다고 마음먹었다.

'나누면서 베풀면서 살면 좋잖아.'

이러는 와중에 예화 선생님이 돌아오면서 김유리는 신

이 유명한 연기자라는 걸 알게 되었다.

"죄송해요. 제가 요새 드라마는 안 봤거든요."

"괜찮아요. 이제 알아주시면 되죠."

아이들도 신이 드라마에 나온 연기자라는 걸 알게 되었다.

"우와 형, 연기자라니. 진짜 짱이다!"

인터넷 화면에 떠오른 서윤도 모습에 아이들이 와와 했다.

"그래서 연기를 잘한 거였구나."

정화는 이전보다 더 초롱초롱한 눈빛으로 신을 바라보게 되었다.

'나도 오빠처럼 멋진 배우가 될 거야. 그리고 오빠에게 어울리는 신부가……'

어린 주제에 발칙한 생각을 하는 정화였다. 이를 신이 알았다면 경을 쳤을 테지만, 신은 할 일이 많아 정화에게 신경 쓰지 못했다.

이러 저런 사소한 사건이 있고 난 후, 아이들과 헤어질 때가 왔다.

아이들은 섭섭했다. 신 또한 그랬다. 그동안 정이 많이 들었으니까.

그러나 신의 본업은 어디까지나 배우요 연기자다.

언제 까지고 이곳에 있을 수 없었다.

"약속이에요!"

정화가 눈물을 펑펑 흘리며 신과 약속했다.

새끼손가락을 걸고 엄지까지 찍었다.

"바쁘지 않으면 이주, 정말로 바쁘면 사주에 한 번씩 들를게."

"응응…… 알겠어요. 그리고 이건 제가 주는 증표에요."

정화는 실로 꼬아 만든 팔찌를 신에게 내밀었다.

"어차피 여기 오면 보면 되잖아."

"우린 이어져 있잖아요. 그러니 떨어져 있어도 이거 보면서 저 계속해서 생각해 주셔야 해요."

무슨 신랑을 떠나 보내는 색시 같다.

'이거 거절할 수도 없고. 거절하면 정화의 마음이 다칠 텐데.'

신은 난처해 하며 지원을 바라보았다.

'형 이거 어떻게 해요?'

지원은 뭐가 그리 좋은지 낄낄 웃어대고 있었다.

'축하한다, 범죄자.'

신은 어이없다는 표정으로 지원을 바라보았다.

'어쩔 수 없지. 일단 받아야지.'

잠시 후, 신은 아이들과 선생님의 배웅 속에서 복지원을 떠났다. 차를 타고 서울로 돌아가는 길에 신은 마음이 두근거리는 걸 느꼈다.

'이번에 어떤 작품을 만나게 될까.'

이로부터 시간이 흘러 구월에 이르렀다.

☆　★　☆

신은 툴툴거리는 표정으로 로만 소속사 콘텐츠 사업부장 이영식에게 말했다.

"어째서 악역밖에 없죠?"

의자에 앉아 있는 이영식은 그거야 당연한 게 아니냐는 반응으로 말했다.

"악역으로 떴으니 당연히 악역이 밀려들죠."

"아니, 그래도 김장김치 맞는 역은 너무하잖아요."

김장김치라니…….

주부들이 환호하는 아침 막장 드라마에 나올 만할 배역이다. 신이 지금 이런 드라마를 즐겨보는 주부들을 무시하는 건 아니었다.

'배역에서 막장 냄새가 나는 건 좀 그렇잖아.'

신의 눈길이 다음 작품으로 향했다.

'이건 또 뭐야. 여주와 남주를 끈질기게 괴롭히는 재벌 아들?'

이전의 배역보다 나았지만 무언가 확 끌리는 게 없었

다. 신의 시선이 곧장 다음으로 향했다.

'이것도 그러네. 아까보다 좀 낫지만 역시 끌리지 않아.'

뭔가 인물들이 여기서 한 번 보고 저기서 한 번 본 인물이라고 해야 할까.

'작가들이 한 공장이라도 차렸나. 무슨 찍어내는 것처럼 엇비슷하네.'

그러던 이때, 〈골든 핸드;신의 손〉라는 작품이 신의 눈에 띄었다. 작중의 주인공은 실력파지만 거만한 성격과 독선적인 성격으로 주위의 미움을 받는 인물이었으나 여러 사람과 얽혀 들어가면서 사람을 위하는 진짜 의사가 되어가는 게 주 내용이었다.

'그래, 이거라고. 난 더도 안 바래.'

이때, 여비서 한 명이 이영식에게 다가와 무어라 말했다. 이에, 이영식은 손을 들며 말했다.

"그거 안 됩니다."

"왜요?"

"극 중 인물의 생김새가 신 군과 안 맞아요."

"저도 적당히 날카로운데요? 매서운 표정을 지으면 신경질적으로 보일 수도 있어요."

"무엇보다 그 배역 주현 씨가 하기로 했어요."

"아, 그래요? 하기로 한 게 왜 여기에 있어요."

259

신은 투덜거리며 〈골든 핸드〉 대본을 책상 한편으로 밀어 넣고는 다른 대본을 하나하나 훑어보다 대본을 덮어버렸다. 죄다 꽝이었다.

"와, 배역을 신중히 골라야 한다는 말이 어떤 의민지 이제 알겠네요."

이 서윤도라는 인물이 신을 주목하는 차세대 배우로 주목받게 해주었으나, 서윤도라는 이름이 거의 꼬리표처럼 신의 뒤를 쫓아다녔다.

'심지어 상종도 못 할 욕을 듣기까지 했지.'

"서윤도가 사람들에게 남긴 인상이 워낙 강렬했으니 어쩔 수 없죠. 당분간은 이런 악역으로 가야겠죠."

신은 이러다 전문 악역으로 굳혀지는 게 아닐까 하고 불안하기만 했다.

"저 멜로도 해보고 싶고, 액션도 해보고 싶고 예능도 출연해보고 각종 영역을 넘나드는 배우가 되고 싶거든요."

"전에 말했지만, 예능은 일러요. 강신 군은 아직 매스컴에 노출되면 안 돼요."

이때, 지원이 말했다.

"음…… 모든 걸 다 하는 악역이 되면 되겠네."

"아, 형……!

지원의 말에 이영식이 하하 웃었다.

"너무 걱정하지 마세요. 이번 작품으로 연기력을 제대

로 검증받으면 논란도 잠들고 여러 군데에서 제의가 틀림 없이 올 거예요."

이 논란이란 신이 워낙 한순간에 확 떠오르다 보니 신이 부잣집 유부녀의 세컨드가 아니냐는 등 뒤에 거대한 스폰서가 있는 게 아니냐는 둥 별별 말들을 떠들어대는 것이었다.

물론 신은 이런 의견에 크게 개의치 않기로 했다. 어느 업계에서나 시기하는 사람들이 있기 마련이니까. 한편으로 이렇게 생각하는 사람들이 있을 수 있다고 신은 생각했다.

'바람의 공주 제작진의 덕 본 거 부정할 수 없으니까.'

여하튼 이 '거품 배우'라는 오명을 차기작에서 확실히 잠재우는 것도 중요했다.

'솔직히 별같이 반짝 빛나 나타났다 한 번 반짝이고 사라지는 스타도 허다잖아.'

한데, 정작 문제는 이거다. 이번에도 악역을 하게 되면 이미지가 악역의 이미지로 굳어진다는 거다.

신은 이 사람들의 고정관념을 깨부수고 이미지 탈피를 위해 수 배, 아니 수십 배를 더 노력해야 할지도 모른다.

'그런데 지금으로써 이거밖에 없지, 하아.'

신은 악역이 연기자로서 받아들여야 한다는 운명이라면 기꺼이 받아들이기로 했다.

"어쩔 수 없죠. 그런데 이왕이면 제대로 된 작품 없나요."

"방금 제대로 된 거라고 하셨죠?"

신은 이영식의 입가에 미소가 맺힌 걸 보고 이 반응을 기다리고 있었던 게 아닐까 싶다는 생각이 들었다.

'이야기가 이렇게 바로 진행되니 좀 그러네.'

신은 떨떠름한 표정을 지으며 이영식이 내미는 영화 시나리오를 받았다. 대본에 적혀있는 제목은 이랬다.

'양과 늑대⋯⋯?'

신은 양과 늑대라는 비유가 지닌 뜻을 상기하며 대본의 내용을 읽어보기 시작했다.

"스릴러물답게 긴장감도 넘치고 재밌네요."

"한번 읽어 보고 남민수라는 인물에 대해 말해주세요."

말이 떨어지기도 전에 신은 이미 대본에 집중하여 극도의 집중력을 발휘하고 있었다. 대사를 중얼거리며 외우는 게 모양새가 예사롭지 않았다.

'될성부른 사람은 떡잎부터 다르다더니 역시 범상치 않군. 우리가 완전 대어를 낚았어.'

한편으로 이영식은 신의 능력을 한번 시험해보고 싶었다. 그래서 작품에 대한 어떠한 사전정보도 주지 않았다.

'작품의 해석은 둘째치고 작중의 인물을 어떻게 해석하고 어떻게 받아들일까?'

한데, 이때 신은 내용을 빠르게 휙휙 넘기기 시작했고, 이영식은 신이 대본을 제대로 보고 있는지 모르겠다는 표정을 지었다. 지원마저도 신이 대본 제대로 보고 있는 게 맞는지 의심스러웠다.

이렇게 대략 십분 정도가 흘렀을까. 신이 대본을 덮으며 입을 열었다.

"양과 늑대라는 제목이 이 내용과 어울리네요. 흠…… 이 남민수라는 인물 사이코패스인데 좀 독특해요. 사회 통념에 도전적인 인물이고."

여기서 양과 늑대라는 건 늑대는 양을 잡아먹는 존재, 즉, 악인이고 양은 선량한 사람이라 할 수 있었다.

'이 사회 안에서 양은 법을 지키고 준수하는 존재이나, 늑대는 이 법의 망을 교묘히 놀리는 존재들이고.'

이제 이 남민수라는 인물은 권력과 재력을 지닌 늑대들에게 너희는 사회라는 테두리 내에서 늑대지 무법지대 차원에서는 늑대가 아닌 양일 뿐이라며 조롱하고 있었다.

'사실 남민수는 그동안 양의 탈을 쓰고서 자신의 정체를 위장해온 상위포식자지.'

어떤 의미에서 본다면 남민수는 진정한 늑대였다.

'흠…… 사랑하는 사람을 잃어 이와 연루된 사람들에게 복수를 하는 것이라.'

단순히 복수하는 내용이라면 신은 대본을 보자마자

당장 덮었을 테다.

이러한 점을 작가가 숙지한 것인지 몇몇 부분에서 스릴러의 클리셰를 비틀었다. 범인을 마지막에 등장시키는 게 아니라 아예 초반부터 등장시키고, 범인이 검사에 잡히는 게 초 중반부에 자수하다시피 잡혔다.

'기계지식에 천재성을 발휘하는 고등학생이라……,'

극 중에서 주 배경은 학교였다. 제작비 절감을 위해 학교라는 배경을 선택한 것인지는 모르겠지만, 학교라는 좁은 배경이 극의 긴장감과 오싹한 분위기를 정말 잘 살려주는 듯했다.

그리고 이 양과 늑대는 요새 한창 뜨거운 주제인 청소년 법도 다루고 있었다.

'법이 제 역할을 하지 못하는 것을 비판하는 등 꽤 여러가지 신경 썼네.'

한편, 이러한 점이 신의 시선을 사로잡았다.

'한 여인을 사랑했으나 사랑이라는 감정을 느끼지 못하는 사이코패스라. 또, 잃은 것에 상실감을 느끼지도 못하고 분노도 하지 못 한다라…….'

이 남민수라는 인물은 성격이 차갑다는 점에서 서윤도와 닮았지만, 성향 면에서는 달랐다. 서윤도는 불같이 동적이라면 남민수는 얼음같이 정적이었다.

무엇보다 신은 '마음으로는 사랑을 느끼지 못하지만,

머리로는 이해하는 사랑'이란 게 어떤 것인지 잘 가늠되지 않았다.

'사랑하는 사람을 사랑하지 못 한다는 거 어떤 느낌일까.'

아이러니한 건 남민수는 이러한 기분조차 어떤 것인지 잘 모를 테다. 신이 볼 때 이 남민수 뭔가 차가운 심장을 지닌 인형 같다. 마치, 사람이 되고 싶어하는 허수아비 인형이라고 해야 할까.

"흠…… 이 배역 저랑 완전히 반대되네요. 지적이고, 정적이고, 소름 끼칠 정도로 계산적이네요."

이 의견이 남민수라는 배역에 대한 신의 총평이었다.

'역시 대단하군.'

이때, 신이 되물었다.

"이 작품 제가 하는 게 좋을까요?"

"솔직히 작품이 크게 흥행하리라고 생각하지 않아요. 제작비가 그렇게 투자되지 않을 거라서 손익분기점에 도달해도 성공이라고 생각하고 있고. 아, 마지막 장면인 '마포대교' 때문에 돈이 들어가겠지만요."

"그런데 이 남민수라는 역 표현하긴 어렵긴 어렵네요."

이영식이 고개를 끄덕이며 말했다.

"잘 살리면 서윤도에 버금가는 인물이 탄생하지 않을까

하고 콘텐츠사업부는 추측하고 있어요. 이 배역을 해낸다면 강신 군의 커리어에도 좋으면 좋지 나쁘지 않으리라 생각합니다."

'지금 내 나이에 이 역을 해보는 것도 나쁘지 않을 거 같은데.'

신이 한 번 해보겠다고 하자 이영식은 고개를 끄덕였다.

"음……. 일단 카메라 테스트용으로 카메라 찍은 걸 메일로 보내달라고 하더군요."

일차, 이차로 해서 후보군을 좁히려는 방식으로 배역을 좁혀나가는 듯했다.

"아, 그러면 여기서 바로 찍어 봐요."

☆　★　☆

잠시 후, 신 일행은 연습실에 도착했는데, 연습실 안은 열기로 후끈거리고 있었다.

한 여자 연기생이 비상을 준비하는 새처럼 몸을 웅크렸다가 뛰어오르듯이 껑충껑충 뛰며 균형을 잡고 있었다. 이뿐만이 아니었다. 팔과 다리를 돌리면서 리듬감 있게 걷거나 발끝으로 뛰기, 손을 둔부나 발목에 대고 무릎을 구부려 걷기 등으로 연습에 한창 열을 올리는 연습생도

신의
연기 2

있었다.

연기 선생님의 지도 속에서 네 명이 대사를 주고받으며 연습하고 있었다.

"안녕하세요."

"잘 지냈어요."

"고마워요."

"안녕하세요."

이때, 신 일행을 발견한 연기 선생님이 손뼉을 치며 연습을 멈췄다. 곧이어, 신은 여자 연기생 한 명과 카메라 테스트를 하게 되었다.

"잘 부탁하겠습니…… 어라? 기녀 화월……?"

"반가워요. 화월이 아니고 제 이름은 남혜정이에요."

사람 인연이란 게 이렇게 이어질지 몰랐다.

"아…… 정말 오랜만이네요."

간단한 잡담을 나눈 후, 대기시간을 가지기로 했다. 남혜정은 대본을 보며 대사를 열심히 외우기 시작했다. 어차피 대사를 외우는 쪽은 신이었기에 그녀는 대사를 다 외우지 않아도 상관없었다.

신도 대본을 외우며 남민수라는 인물이 최대한 되어보기로 했다.

잠시 후, 남혜정이 자리에 앉았고, 신은 배역에 집중하기 시작했다.

지원이 카메라를 들고 두 사람을 화면에 담아내기 시작했다.

"카메라 롤 겹니다!"

신은 남혜정 주위를 천천히 배회하기 시작했다. 1초, 2초, 3초. 그러다 신은 걸음을 멈춰 남혜정을 물끄러미 응시했다. 차가운 눈빛과 마주한 그녀는 꼼짝도 하지 않았다. 아니, 못 하는 게 정확했다. 그녀는 지금 밧줄 같은 무언가에 결박되어있으니까.

이때, 신이 나긋하면서도 무미건조한 어조로 그녀의 상태에 설명하기 시작했다.

"지금 손발에 힘이 없고 몸에는 아무 감각이 없을 거야. 고통도 없을 거야. 이제 호흡이 서서히 얕아지다, 잠에 빠져들겠지. 너에게는 축복이야."

어떤 일을 당할지도 모른다는 공포심 때문에 그녀의 눈동자가 흔들거렸다. 제발 살려줘. 목숨만은 살려 줘. 금붕어처럼 뻐끔거려대는 그녀의 외침은 소리 없는 발악에 불과했다.

"네 처지가 이렇게 된 것에는 어떠한 유감도 없어. 내가 받은 걸 그대로 돌려주는 것이니까."

신은 무미건조한 표정으로 남혜정을 잠시 바라보다가 그녀의 귓가에 조용히 속삭였다.

"양이면 양답게 살아야지."

이때, 신이 만지작거리던 무언가를 그녀의 무릎 위에 올려놓았다.

바로 모래시계였다.

이 모래시계는 남민수의 계산적인 성격을 나타내주는 상징물이었다.

모래시계의 모래가 아래로 떨어져 내리기 시작했다.

스르륵.

그녀의 목숨은 이 모래시계의 모래가 아래로 다 떨어지면 끝장나고 만다.

남혜정은 겁에 질린 표정으로 신을 바라보는 게 고작이었다.

지금 그녀는 보이지 않는 줄에 묶여 있는 상태이기도 했으나 특수한 약물에 절여 있는 상태이기도 했다. 이 약물의 정체는 테트로도톡신이라는 물질로 신경에 작용하는 독 물질이었다.

극 중의 남민수는 테트로도톡신을 응용하여 특수약물을 만들어냈다.

지금 이 특수약물이 체내에 들어가면 자기의 눈앞에서 벌어지는 모든 일을 생생히 체험하게 되는 것이다.

죽음의 손길이 서서히 다가오는 속에서 그녀는 숨통이 죄여오는 걸 느꼈다. 그러나 꼼짝할 수 없다. 그녀는 지금 늑대와 마주한 양이었으니까.

상황이 상황이다 보니 사람들은 칼날 위를 맨발로 걷는 듯한 느낌이 들었다.

그러던 이때, 신은 남혜정의 소매를 슬며시 걷고서 팔목에 걸린 손목시계의 시간을 확인했다. 그녀가 느끼는 감정에는 안중에도 없었다.

지금 남민수에게 중요한 건 자기가 의도하는 계획이 잘 맞물려가느냐다. 그녀의 안위 따위가 아니었다.

이영식은 속으로 중얼거렸다.

'분명 연기는 좋아.'

눈빛도 좋고, 목소리도 좋고 표정도 좋다. 느낌도 살아있다.

'한데, 뭔가 아니야. 뭔가 빠진 연기야.'

로만 소속사에서 배우 지망생들과 배우들의 연기를 지도하고 가르치는 트레이너 박유선도 이영식과 같은 생각이었다.

이때, 신은 연기를 멈추며 미간을 좁혔다. 무언가 마음에 들지 않는다는 뜻이었다.

박유선이 속으로 웃음을 슬며시 지었다.

'그래요, 이상한 걸 느껴야죠.'

신은 손을 살짝 들었다.

"잠시만요. 죄송한데 다시 해봐야겠어요."

이영식이 속으로 중얼거렸다.

'역시 감이 좋네. 단박에 무언가를 느낄 정도면 말이지.'

남민수는 지적이고 세련된 사이코패스다. 그렇기에 감정에 충동적이지 않고 계산적이고 지적이다. 한데, 지금의 신은 이 남민수라는 인물을 흉내를 내보려는 느낌이 강했다.

'시행착오를 겪으며 감을 찾으려고 하는 거 같은데.'

이영식의 눈이 가늘어졌다.

'나쁜 선택은 아니지.'

사실 이 남민수 배역을 둘러싼 뒷이야기가 있었다. 〈양과 늑대〉 시나리오를 받게 되었을 때, 작품분석팀은 물론 콘텐츠사업부도 신이 이 배역을 소화해내지 못하리라고 생각했다.

신이 연기를 못 해서가 아니었다. 이 남민수라는 배역과 신이 상성이 잘 맞지 않을 거 같다는 판단에서였다.

그러나 이영식과 박유선은 신의 가능성을 믿고 있었다.

'서윤도를 연기하면서 보여준 몰입감과 연호랑과의 결투에서 보여준 혼신의 연기……'

이들은 어쩌면 신이 뭔가를 보여주지 않을까 하고 내심 기대했다.

일단 여기서 한 십분 정도 대기시간을 가지기로 했다.

신은 이 시간 동안 대본을 좀 더 바라보기로 했다.

잠시 후, 카메라 테스트가 다시 시작되었다. 한데, 신은 연기를 하다가 또다시 멈췄다. 무언가 마음에 안 드는 것이다.

"잠시만요. 시간 조금만 더 주세요."

이영식이 무어라 말하려고 하자 박유선이 손으로 이영식을 저지했다. 일단 가만히 놔둬 보자는 뜻이었다.

'왜요?'

'뭔가 심상치가 않아요.'

그녀의 눈에 무언가 중얼거리는 신이 보였다. 한데, 뭔가 이전과 다르다. 분위기라고 해야 할까.

그녀가 보기에 신이 뭔가 보여줄 거 같았다. 이는 그녀의 막연한 느낌이 아니었다. 직감이었다.

'이런 직감 정말 간만이네.'

가끔가다 그런 배우가 있다. 남의 지도를 받지 않아도 자기가 무언가를 느끼고 알아서 척척 해내는 배우가 말이다. 물론 이런 경우는 정말로 드물다.

박유선은 기대에 찬 눈빛으로 신을 바라보았다.

'안에서 꿈틀거리는 예술가의 혼을 드러내 봐요.'

한편, 신의 겉은 평온해 보였으나 내면 세계에서 이 남민수라는 배역과 전쟁을 치르느라 정신이 없었다.

이 싸움은 간단했다. 신이 이 전쟁에서 패하면 이 남민수를 연기해내지 못하는 것이었다.

신은 대본을 다시 한 번 들여다보기로 했다. 그러던, 이 때, 신은 입가에 희미한 미소를 띠었다. 이 미소를 본 박 유선이 속으로 호호 웃었다.

'역시 뭔가를 깨달은 건가.'

신은 속으로 쾌재를 불렀다.

'그래, 이거야. 이거라고.'

보통 사람이라면 사랑하는 사람을 죽인 원수가 눈앞 에 있다면 정말 미친 듯이 화가 날 것이다. 이 분노를 가 라앉히려고 해도 속은 정말 미친듯한 화로 들끓어 오를 테다.

극 중에서 남민수는 한 여인을 잃었다. 사회 통념적인 시선에서 남민수는 사랑하는 연인을 잃은 것이다.

이에, 남민수도 화가 날 테다. 그런데 보통 사람이 느끼 는 화와 이 남민수가 느끼는 화는 다르다.

'상실감에서 오는 화가 아니야. 여기 인트로에서 말하 잖아. 네 처지가 이렇게 된 것에 어떠한 유감도 없다고. 단지 돌려주는 것이라고.'

남민수는 화를 내지 않는다. 그러나 남민수는 화가 나 있다. 그러니까, 감정적으로 뜨거운 화라기보다는 머리로 생각하는 차가운 화라는 거다.

신은 무언가에 홀린 거처럼 대본의 중간 부분을 펴 잽 싸게 읽었다.

'비가 내리는 속에서 남민수는 구교사 옥상에서 추락한 그녀를 바라본다.'

신은 남민수가 생각하는 동선을 그대로 따라갔다. 신의 눈에는 연습장이 아닌 학교 배경이 떠올랐다. 신 주위로 비가 추적추적 내리기 시작했다. 신은 비를 맞기 싫어 우산을 펼쳤다.

"저기 선생님 지금 신이가 뭐하는 거죠?"

지원이 박유선에게 다가와 웬 막대기를 들고 있는 신을 보며 조그마한 목소리로 말했다.

"극 중에 비 오는 장면이 있는데 그걸 재현하고 있네요."

박유선은 조용히 해주자면서 신을 바라보기 시작했다.

한편, 신은 구교사라는 건물 옥상에서 떨어진 그녀와 눈을 마주치고 있었다.

'그녀의 머리에서 선명한 붉은 선혈이 흘러내린다.'

그녀는 아무 말도 않고 신을 응시하고 있었다. 머리에서 흐르는 피가 빗물 속에서 번져나가기 시작했다.

마치 물에 한 방울 떨어트린 잉크가 물속에서 서서히 번져가는 걸 보는 듯했다.

빗물에 젖어드는 상상 속의 그녀는 평범한 사람이다. 그녀의 흔들거리는 눈동자는 남민수에게, 아니, 신에게 많은 말을 하고 있었다.

신은 그녀의 눈동자를 그저 응시했다. 슬픔과 분노가 배제된 표정으로.

'난 아무것도 느낄 수 없어. 보통 사람이라면 화가 나고 슬프겠지만, 이 감정을 나는 잘 몰라.'

이것은 절망이었다.

신은 이 절망을 고스란히 느꼈다.

'슬픈 상황에서 슬퍼할 수 없는 건 이건 어떤 의미에서 형벌이야.'

이때, 신의 분위기가 서서히 음울하게 변했다. 신은 시선의 초점을 낮게 낮추고 입꼬리도 내리고 얼굴의 근육도 경직시켰다. 신은 다른 사람으로 탈바꿈되기 시작했다.

박유선은 신에게서 일어나는 변화를 주의 깊게 살펴보며 중얼거렸다.

'이거 완전히 타고났네, 타고났어. 내가 더 가르쳐 줄 것도 없어. 연기에 대하는 마인드나 앞으로 방향성 정도 말해줄 수 있지. 가끔 실수하면 잡아주고. 어유, 진짜 어디서 이런 애가 나타난 거야.'

그러던 이때, 신의 귀에 한 소리가 들렸다.

째깍째깍.

신의 눈앞에 떠오른 사건 현장이 사라졌다. 상념에서 깨어난 것이다.

신은 벽면에 걸린 시계의 소리에 조용히 귀 기울였다.

째깍째깍.

신의 시선이 시계로 향하다 신의 손에 들린 모래시계를 바라보았다. 모래시계를 거꾸로 뒤집자 모래가 아래로 떨어져 내리기 시작했다.

'시간과 기계는 정확해야 해.'

신은 시계와 모래시계를 동일 선상에서 놓고 바라보았다.

남민수라면 했을 법한 행동이 아닐까 싶어 신은 남민수의 '버릇'을 묘사해내기 시작했다.

손가락 까닥거리기였다. 느리지도 않은 적당한 빠르기. 일정한 주기로 꿈틀거리는 손가락의 움직임은 시간을 대변하고 있었다.

그리고 대략 1분이 흘렀을 때 모래시계의 모든 모래가 흘러내렸다. 한 치의 오차도 없었다.

신의 손가락도 움직임을 멈췄다.

'내가 남민수라면……'

신은 이번에 남민수의 시선으로 세상을 바라보기로 했다.

'세상은 하나의 기계 장치야.'

모든 것이 이 시계의 톱니바퀴처럼 아교가 맞아 딱딱 떨어져야 한다. 모든 부품 하나하나가 소중했다.

한데, 그녀가 사라져도 이 사회는 잘 돌아간다. 그것도 아무렇지도 않게 돌아간다. 남민수는 이를 이해하지 못한다. 왜 세상이 잘 돌아가지?

이상하다. 뭔가 이상하다.

컴퓨터 시스템으로 따지자면 이건 에러가 난 것이다. 한데, 에러가 난 이 세상이 아무렇지 않게 돌아간다.

이는, 머리로만 이해하는 '상실'이기도 하면서 남민수가 느끼는 아득한 절망감이기도 했다.

'이게 남민수라는 인물이 지닌 모순이야.'

신은 마음이 아팠다.

슬픔을 제대로 느끼지 못하는 남민수라는 극의 인물이 안타까웠다.

물론 이렇다고 살인마 사이코패스에 우호적인 시선을 지니는 것도 아니었다.

남민수가 저지르는 행위에 대해 옹호하는 건 아니었다.

세계에서 사람을 죽이는 건 어떠한 이유로도 용납될 수 없는 불문율이니 말이다.

'이제 이 남민수를 표현할 수 있을 거 같아.'

신은 대사를 바라보다 중얼거리며 말했다.

"이번에는 다를 거 같아요."

이에, 이영식과 박유선은 설마 하는 표정으로 바라보았다.

"좋아요. 한 번 기대해보죠."

이전과는 달리 동선에 대한 구도도 짜서 측면에 카메라를 삼각대 위에 고정하기로 했다. 정면 쪽은 지원이 찍기로 했다.

잠시 후, 냉철한 시선 속에서 카메라 비디오 테스트가 시작되었다.

신은 음울한 분위기를 풍기더니 남혜정을 슬며시 바라보았다.

한데, 신의 시선이 이전과는 달랐다.

이전이 그저 차갑게 바라보는 눈길이라면, 이제는 개나 돼지 같은 동물 따위를 바라보는 듯했다.

신은 남혜정이라는 인격을 인정하지 않았다.

사람들을 대하는 마음가짐이 다르니 태도도 달라지기 마련이었다.

무엇보다 신의 시선에 죄의식 따위 없었다. 인륜, 도덕이란 인간이 세워 놓은 바벨탑. 신은 이 탑을 무너트리고 있었다.

박유선은 이 눈빛에서 모든 게 판가름났다고 생각했다.

'게임 끝이네.'

노래 오디션으로 따지자면 오디션 참가자가 내뱉은 첫 소절에서 심사위원들이 감탄사를 내지르며 자지러지는 거나 다름없었다.

'일체의 동작 없이 표정과 눈빛만으로 살인마를 표현하다니. 하…… 정말.'

　연기하지 않으려고 하는 게 최고의 연기다라는 말이 있다. 이 말은 연기는 간결하면 좋다는 말과 상통한다.

　특히 영화나 드라마 연기는 샷의 크기에 연기를 맞춰야 하므로 더더욱 그렇다.

　눈 같은 국소부위나 얼굴 전체 혹은 머리에서 무릎까지 찍는 다양한 촬영 기법이 있기에, 배우는 사등분된 카메라의 화면, '액자 틀' 안에 들어와야 한다.

　'〈양들의 침묵〉에서 안소니 홉킨스가 보여준 한니발 렉터가 그랬지.'

　이 영화의 백미는 FBI 요원 스탈링과 한니발 렉터과의 첫 대면이다. 이때, 한니발은 별다른 무언가를 하지 않는다. 그저 서 있는 채로 그녀를 바라본다.

　이 무미건조하면서 섬뜩한 눈길은 그녀가 그를 찾아오는 게 당연하다는 것처럼, 그녀가 오리라는 걸 알았다는 걸 말해주기도 했다.

　'절제와 눈빛.'

　극 중의 남민수는 인육을 먹은 미친 정신과 의사가 아니다. 한데, 신이 연기하는 남민수 연기에서 안소니 홉킨스의 한니발 렉터가 묘하게 연상된다.

　'그렇다고 안소니 홉킨스의 연기와 닮은 거 아니야.

이건 이 아이만의 독자적인 연기야.'

한편, 신의 눈빛에 마주하고 있는 남혜정은 숨이 턱 막히는 걸 느꼈다.

'지, 진짜 살인마 같잖아.'

신 주위에서 피어오르는 끈적하면서 축축한 공기가 그녀를 감쌌다. 신의 시선 하나하나가 예리한 칼날이 되어 그녀의 폐부를 하나하나 저며놓는 듯했다.

정말로 죽을 맛이었다. 대사가 거의 없어서 망정이지 만일 내뱉어야 한다면 기에 질려 대사를 내뱉지도 못할 터였다.

'다행이네……'

지원도 침을 꿀꺽 삼키며 신의 표정을 카메라로 담아 냈다.

'연기에 문외한인 내가 봐도 감탄이 나온다.'

신의 연기를 바라보던 연기 연습생들은 절망에 빠졌다. 이런 천재가 있는, 그것도 연기 천재가 둘이 있는 동시대에 태어나다니.

잠시 후, 신이 대사를 내뱉기 시작하자, 사람들은 숨을 죽이며 신을 바라보았다. 고저 없이 내뱉는 대사 하나하나에 사람들은 섬뜩함을 느끼며 몸을 움찔 떨었다.

그리고.

"양이면 양답게 살아야지."

신이 마지막 대사를 내뱉을 때 사람들은 침을 삼켰다.

지원은 멍한 표정을 중얼거렸다.

'얘 진짜 사람 죽이고 온 거 아니야?'

이정도면 과거가 의심될 정도다. 아니, 선량한 얼굴을 하고서 밤마다 사람을 죽이고 다니는 게 아닐까 하는 생각이 들 정도다.

신의 연기가 끝나자 사람들은 참았던 숨을 내쉬었다.

'휴…….'

'숨 막혀 죽는 줄 알았네.'

이영식과 박유선은 만족스러운 표정을 지었다.

'……이거 잘하면 뜻밖의 대박이 날지 모르겠는데요.'

'한번 추진해보세요.'

이 카메라 테스트는 내부 회의 결과 '일단' 통과하게 되었다.

이로부터 일주일 후, 〈양과 늑대〉를 집필한 이종화 감독에게서 한 번 만나보자는 연락이 왔다.

☆　★　☆

"잠시만요!"

신은 닫히려는 엘리베이터의 문을 붙잡고 내부로 들어섰다.

"아…… 다행이다."

신은 지금 이종화 감독을 만나러 가는 길이었다. 이 엘리베이터를 타지 못했다면 지각할 뻔했다. 제때 타서 천만다행이었다.

이때, 짐을 든 택배 아저씨가 인상 좋은 미소를 지으며 말했다.

"허허, 급한가 봐. 젊은 사람이 뭐 그리 바빠."

신은 하하 웃으며 14층을 눌렀다. 택배 아저씨가 향하는 곳은 17층이었다.

신은 들고 있던 모래시계를 꺼내 뒤집어 놓았다. 그리고 손가락을 천천히 까닥거리기 시작했다.

'엘리베이터 속도가 느린 게 한 1분 정도 걸리려나.'

연기에는 배역을 연기하는 것과 배역을 생활화하는 것이 있다.

보통 배우는 역을 분석하고 역할이 처한 상황과 심리 상태를 분석하고 연기해낸다.

이때, 캐릭터를 배우의 삶으로 끌고 들어 올 때가 있다. 캐릭터의 삶과 내면을 좀 더 잘 나타내기 위해서다.

이 배역의 생활화는 이런 과정에서 이루어진다.

일단 대본을 반복하다시피 읽어서 내용을 숙지하는 것이다.

다음으로 왜 이런 대사를 인물이 하는지 인물의 내적

동기와 인물의 본성을 상상하는 것이다.

그리고 이 상상하면서 느낀 바를 걸음걸이나 표정이나 버릇이나 말투로 다양한 형태로 캐릭터를 표현해보는 것이었다.

신이 지금 손가락을 까닥이고 모래시계를 꺼내 시간을 재어보는 것도 배역의 생활화 일종이었다.

한편, 신은 남민수의 시각으로 그날 하루하루의 일기를 써보기도 했고, 남민수라면 떠올렸을 감상을 수첩에 메모해두기도 했다.

이것만이 아니었다. 남민수라는 인물을 좀 더 이해해보고 싶어 사이코패스에 관해 연구한 책들을 읽어 보기도 했다.

이런 특이한 내용도 있었다.

'사이코패스가 죄의식이 없다 보니 과감하고 결단적이어서 죽음과 위험이 오고 가는 수렵 체제 시대에서는 무리를 이끄는 리더로서 탁월했다라……'

물론 이런 말이 사이코패스의 우월성은 말하는 건 아니었다. 사이코패스들이 무법적이고 과감하다는 것을 말하는 것이었다.

'윤리와 법 같은 제도는 인류가 인류를 위해 세운 개념이자 건축물이지. 이 가치들이 대부분 사이코패스에게 중요하지 않으니까 사이코패스는 아나키스트에 가까운

거 같기도 하고.'

이런 의미에서 보면 남민수라는 인물 묘했다.

'악인을 처단하는 악인이지.'

신은 남민수라는 인물만 생각해도 비릿한 피 냄새가 후각을 자극하는 거 같았고 눈앞에서는 선명한 피가 낭자하게 튀는 것만 같았다.

이때, 택배 아저씨가 이런저런 말을 꺼내기 시작했다. 몇 살이냐는 둥 고등학생이면 대학교는 어디 가야 좋다는 등등 결국 이어지는 말은 명문대에 들어가 장학금까지 받았다는 딸 자랑이었다.

이때, 한 상념이 신의 머릿속에서 떠올랐다.

'초면에 왜 이렇게 친한 척 굴지?'

신은 이런 택배 기사가 짜증이 나 스리슬쩍 곁눈질했다. 이때, 무언가가 신의 눈에 띄었다. 목 쪽에 돋아난 푸른 핏줄이었다.

'저 얇은 핏줄에 피가 오가지.'

마침 신의 호주머니에는 펜 하나가 있었다.

신은 펜을 만지작거리며 경동맥을 바라보았다.

'날카로운 검은 필요 없어. 뾰족한 펜 끝이면 돼.'

우선 이 펜 끝으로 경동맥에 내리꽂는 거다.

더도 말고 한 동작으로 말이다.

아마 이 택배 기사는 고통에 찬 몸부림을 칠 테다.

이때, 저항하지 못하게 하는 건 간단하다.

목젖을 강하게 내리치는 것이다.

'목젖 또한 인체의 급소지.'

이러면 숨을 제대로 쉬지 못하고 눈앞이 어른거릴 테다.

그리고 이 경동맥에다 펜 끝을 박아대는 거다.

한 번, 두 번, 세 번.

곧바로 죽지는 않을 테다. 사람의 목숨이란 게 은근히 질기니까. 하나, 펜 끝으로 경동맥을 쉴 새 없이 내리찍으면 피가 튀게 될 테고, 세차게 뛰어대던 심장도 멈추게 될 테다.

신은 고개를 가로저었다.

'하지만 이 방식은 절제되어 있지 않고 아름답지 않아.'

남민수에게는 나름의 미학이 있다. 피를 손에 묻히지 않는 것. 증거를 남기지 않는 것.

신은 엘리베이터 앞쪽에 달린 카메라를 보았다.

'여기는 CCTV가 있어.'

완벽한 계획을 지향하는 남민수라면 지금의 이 계획은 폐기다.

평소의 신이라면 일련의 생각에 섬뜩함을 느꼈겠지만 남민수라는 인물에 한창 몰두 중인 신은 위화감을 느끼지 못했다.

'사람 죽이는 거 참으로 쉬워.'

이 생각에 신은 정신을 퍼뜩 차렸다.

'도대체 내가 무슨 생각을 한 거지?

아무리 배역에 집중하고 있다고 해도 그렇지 이런 생각을 했다는 것에 큰 충격에 휩싸인 신이었다.

'레어티스를 연기할 때도 서윤도를 연기할 때도 강렬한 감정에 휩쓸리는 순간이 종종 있기는 했지만…….'

한데, 이번 거 차원이 다르다.

'이거 나중에 더 심해지는 거 아니야?'

신은 불안에 휩싸였다.

'강우 아저씨랑 이에 관해 이야기해봐야겠다.'

이때, 층에 도착했다는 음이 울렸다.

딩동.

신은 엘리베이터에서 내려 제작사 안으로 들어섰고, 택배 기사는 목이 서늘한 걸 느꼈다.

그는 목을 쓰다듬으며 고개를 갸웃거렸다.

'이상하네. 요새 몸이 허하나.'

☆　★　☆

"아이고, 어서 오세요. 이거 TV로 보는 것보다 실물이 훨씬 더 잘생기셨네."

이종화 감독의 나이는 40대 초반이나 옷차림에서는 물

론 머리 모양에서도 세련된 감각을 갖추고 있었다.

'예수님 보는 거 같네.'

이목구비도 강렬한 데다 턱수염까지 기르고 있으니 예술가 아니면 감독이라는 느낌이 물씬 날 정도다.

"메일은 잘 받았습니다. 강신 씨 연기 인상 깊게 봤고요."

"감사합니다."

"강신 씨와 만나자고 한 건 강신 씨의 연기를 좀 더 보고 싶어서 불러봤어요."

"아, 네."

"카메라 테스트는 여기서 해볼 거예요."

이종화 감독의 말투는 괄괄했으나 신에게 고분고분 대했다.

'초면에 이렇지, 친해지면……..'

감독마다 스타일이 저마다 다르다. 오민석 연출 PD가 배우를 구슬리는 방식이라면 이종화 감독은 배우들을 압박하는 방식이었다.

특히 원하는 장면을 얻어내기 위해서 배우를 더 몰아붙인다고 신은 알고 있었다.

'솔직히 오 PD님이 편했긴 편했지.'

배려도 해주고 격려를 해주고 작업 파트너로는 오 PD가 최고일지도 모른다.

사람이 언제나 최고의 상황에 있을 수 없듯 배우도 언제나 최고의 작업환경에 있을 수 있는 건 아니었다.

어쨌건 이 이종화 감독과의 만남은 신에게 훌륭한 경험이 될지도 몰랐다.

'구르면서 생존전략을 배우게 되려나.'

이때, 이종화 감독이 말했다.

"부담가지실 필요는 없어요. 편하게 가보는 거에요."

"대본 읽어볼 시간 주실 건가요?"

"마음대로 하세요. 바로 옆에 미니세트장 보이죠?"

신은 주위를 둘러보았다.

조명은 전체적으로 어두웠다. 책상 하나에 의자 두 개, 벽면에는 아날로그 시계가 걸려 있었다. 암실을 표현한 거 같았다.

'블로킹(*)해놓으셨네.'

이 블로킹이란 카메라 액자 틀 내에 특정한 사물이나 인물 카메라, 조명 등의 기재들을 배치해놓는 것을 일컫는 말이다.

블로킹하는 건 화면에 분위기나 공간감을 부여하기 위해서다.

"책상 위에 편지 있죠? 일단 편지 읽어봐 주세요."

신은 세팅 된 책상 위에 있는 편지를 읽어보기 시작했다.

[세상을 살아가는 사람들은 두 분류로 나뉜다. 피해

자와 가해자. 상처받는 자와 상처 주는 자. 착한 사람과 나쁜 사람. 그렇게 세상 속에는 양과 늑대들이 살아간다.

법과 질서라는 울타리 속에서 양은 늑대에게서 보호받는다. 하지만 그 늑대들에게 법과 질서가 통하지 않는다면 어떻게 하는가.

(중략) 양의 하소연은 아무도 진정 들어주려 하지도 않고, 풀어 주려고 하지 않는다. 모두가 차갑게 외면하고 침묵을 유지할 뿐.

그렇다면 다시 한 번 묻겠다. 양을 해치고 살아가는 늑대들, 너희는 감히 살아갈 자격이 있는가. 너희가 만약 살아갈 자격이 있다면, 다시 한 번 묻겠다.

너희는 왜 죄 없는 양을 헤치는가. 너희의 자격이 양을 해치는 걸 정당화할 수 있는가?

정당화되는 것이라면 너희에게 직접 보여줄 것이다.

너희가 짓밟고 올라선 무법과 폭력이 너희에게 향할 때, 얼마나 사실상 무자비한 것인지 얼마나 잔혹해질 수 있는 것인지. (중략) 너희를 절망의 구렁텅이 속으로 빠트려 죽일 것이다.]

신은 이상하다는 표정으로 중얼거렸다.

"이 내용 남민수가 쓴 거 아닐 텐데?"

이종화 감독의 눈에 이채가 서렸다.

289

'이상하다는 걸 눈치채지 못하는 배우들도 있었는데.'

이 배우들은 일차에서 어찌어찌 통과됐으나 이 이차 오디션에서 모조리 탈락이었다. 캐릭터를 제대로 이해하지 못하는 배우가 좋은 연기를 할 리는 만무했으니 말이다.

이종화 감독은 기분이 좋아졌다. 배우가 나타낼 캐릭터에 대해 잘 파악하고 있다는 건 작가로서 감독으로서 기쁜 일이었으니까.

"아, 이거 남민수가 검사에게 잡히기 전 책상에서 직접 쓴 편지인가 보네요."

이에 대해 이종화는 아무 말도 하지 않기로 했다. 지금 이 편지는 하나의 시험이었다.

"남민수가 체포되어 취조실에서 박 검사와 이야기하는 부분을 재현해보는 거예요."

"아……."

신은 말을 하려다 말고 입을 다물었다.

'그래, 남민수는 일부러 분노를 가장한 거야.'

남민수가 이 편지를 쓴 의도는 수사의 초점을 흩트려 놓고 자신의 정체를 숨기기 위한 것이기도 했다.

'하지만 박 검사는 남민수의 정체를 눈치채지.'

이때, 신은 이종화 감독이 이 편지가 교묘한 속임수이자 상황에 대한 힌트라는 걸 알아차렸다.

'여기서 어중이떠중이는 골라내는 의도를 지니신 거 같고…… 이 편지에 근거하여 상황을 묘사해보라는 거구나. 이종화 감독님 머리 좋으시네.'

신의 시선이 책상 위에 올려진 소품에 닿았다. 모래시계였다.

의자에 앉은 신은 모래시계를 뒤집고 대본에 집중하기 시작했다. 모래시계의 모래가 아래로 떨어지기 시작했다.

이종화 감독은 이채가 서린 눈빛으로 신을 주시했다.

'모래시계는 그렇다 치고 저 손가락 움직임은 뭐지?'

신은 집게손가락을 일정한 속도로 까닥이고 있었다.

'설마 시간을 표시하는 건가.'

별거 아닌 동작. 이상하게도 시선이 쏠린다. 저 손가락이 멈추면 어떤 일이 일어날까 하는 생각이 들었다.

'내가 만들지도 않은 버릇인데……. 남민수만의 버릇을 스스로 만들어낸 건가?'

일전에 생각했던 신에 대한 선입견이 서서히 사라진다.

'배역 몰입은 아주 뛰어난가 보군.'

배우에는 두 가지 배우가 있다.

하나는 배역을 자기화하는 배우다. 어떤 작품에 나오더라도 그 배역이 아니라 그 사람처럼 느껴지게 한다.

다른 하나는 배역에 빠져드는 배우다. 이런 배우는 어

291

떤 작품을 봐도 다 다른 인물로 보인다.

이종화 감독이 보는 신은 후자였다.

'어떤 남민수를 보여줄까?'

신은 대본을 덮고 배역에 서서히 몰입하기 시작했다.

"자, 이제 시작해보세요."

사전에 장치해둔 카메라가 신을 찍기 시작하자, 사 등분선 된 네모 스크린 안에 신의 얼굴이 나타났다.

신은 이때 손가락을 일정한 주기로 까닥이기 시작했다. 빠르지 않으면서 느리지도 않은 속도였다.

신이 손가락을 멈췄다.

'좋은 연출이야. 긴장감도 잘 살리고 분위기도 잘 살리고.'

신이 바라보는 곳에는 아무도 있지는 않지만 박건 검사가 화를 씩씩 내며 들어오고 있었다.

ㅡ 지금 이 자식이 누굴 속이려 들어!

편지에서 사회의 정의와 늑대들을 운운하며 늑대와 사회 모두에 분노하는 것이지만, 아이러니하게도 남민수의 분노라는 감정은 거짓말이다.

'학습된 훈련을 통해서 화를 내는 거지.'

편지 내용을 보면 남민수는 사회와 정의, 강자와 약자에 대해 분노를 터뜨리지만, 이 모든 것은 남민수의 실체를 감추기 위한 가장이다.

이른바 가면 연극인 셈이다.

'이 장면이 이 작품에서의 백미지. 살인사건으로 경찰에 붙잡힌 남민수가 박건 검사를 조롱하는 부분이니까.'

지금 신이 재현해내는 부분이 극을 관통하는 부분이기도 했다. 다른 거 다 잘 살려내도 이 장면을 살리지 못하면 말짱 꽝이다.

'이 부분을 완전히 소화해내어야 마무리 장면도 확 살아나지.'

신은 맞은 편을 지그시 응시하며 박건이라는 인물을 직접 그려나갔다. 실제 사람을 바라보는 듯했다.

'정말 사람을 바라보는 것처럼 느껴져. 시선 처리가 좋아.'

이때, 신은 아무것도 하지 않았다. 무미건조한 눈빛으로 상대를 바라볼 뿐이었다.

남민수는 검사 박건의 등장이 놀랍지 않았다.

지금이라면 그가 등장할 때였으니까.

이종화 감독은 카메라를 줌인하여 신의 표정을 담아냈다. 이때, 신은 수갑에 채워진 두 팔을 책상 위로 올리며 몸을 앞쪽으로 당겼다.

의지가 앞으로 끽 끌렸다.

"늦으셨네요. 박 검사님."

신의 대사에 이종화 감독이 침을 입술에 축이며 검사

박건의 대사로 되받아쳤다.

'네 방에서 발견된 도면과 설계도는 무엇을 뜻하는 거지?'

"낙서죠."

'말도 안 돼!'

이때, 검사 박건은 신경질을 내며 소리친다.

'진소희 양을 죽일 때 사용한 기계장치의 도면이 네 방에서 발견되었어. 이 도면들이 네 다음 계획이잖아.'

진소희는 남민수의 첫 번째 희생자로, 테트로도톡신 독에 취해 구교사 옥상에서 추락하고 만다. 이때, 남민수는 특별한 장치를 사용하여 그녀를 전교생이 보는 앞에서 옥상에서 떨어트린다. '그녀'가 구교사 옥상에서 추락한 것처럼. 남민수는 그녀의 죽음을 똑같이 재현해 낸 것이다.

남민수의 대사 중에 '내가 받은 걸 그대로 돌려준다.'는 대사는 이 상황과 맥락이 맞닿아있는 것이기도 했다.

한편, 이때 박건은 자신의 손에 들린 도면들을 남민수 앞에 보란 듯이 흔들어댄다.

'네놈은 잡혔어. 이 도면들은 이제 못 쓴다고. 지금이라도 네 범행을 실토하고 이 도면이 무엇인지 말해. 아직 정상참작을 할 여지가 있어. 만일 말하지 않으면 반평생을 감옥에서 썩게 해주지!'

신은 박건을 그저 응시했다.

'네놈의 악행을 내가 반드시 저지해줄 테니까.'

악행이라는 대목에서 신은 기묘한 웃음을 띠었다.

"사람들은 말이죠. 그걸 잘 모르더라고요. 자기가 남한테 상처 주면 자기 또한 남한테 상처 입을 수 있다는 거 말이죠."

사람은 언제나 상처 입을 수 있다는 존재, 이는 가해자는 피해자가 될 수 있고 피해자가 언제든지 가해자로 변해버릴 수 있는 상황을 뜻하는 대사이기도 했다. 양과 늑대는 상대적이었다.

이때, 신의 어조가 신랄하게 바뀌었다.

"정말 멍청한 건지 아니면 그 사실을 생각하기 싫어하는 건지 모르겠는데, 웃긴 건 자기가 아파하는 건 또 싫어하네요?"

이 남민수는 인간의 이기적이고 잔혹한 본성을 꿰뚫고 있었다.

사람의 본성을 까발리는 순간이기에 신이 내뱉는 대사 한 마디 한 마디는 날이 서 있고 날카로웠다.

이 대사를 듣는 이종화 감독은 등골이 서늘한 것을 느꼈다.

'캐릭터의 의도와 내적 동기를 대사에 완전히 녹여내고 있어. 지금 이 순간 완전히 남민수가 되었어.'

이종화 감독은 신음을 삼켰다. 이때, 신은 천진무구한 태도로 물었다.

"박 검사님이 생각하기에 왜일 거 같아요?"

신의 눈동자가 순진무구한 어린아이의 눈동자처럼 보여 신은 정말 몰라 묻는 것처럼 보였다.

'눈빛에 죄의식이란 게 없어 보이는군.'

마치 잠자리를 쥐고서 잠자리의 날개를 하나하나 떼어내며 자신은 아무런 잘못도 저지르지 않은 마냥 천진난만하게 미소 짓는 아이를 보는 거 같다.

'사이코패스라면 아무것도 모르는 아이와 같이 원초적인 상태니까.'

남민수가 박건에게 하는 질문은, 진정으로 몰라 묻는 게 아니었다. 뻔히 알면서, 모든 걸 알면서 유유히 물어보는 것이었다. 이 질문은 순진한 질문일 리가 없었다. 하나, 박검사는 대답하지 않는다.

대화를 나눈다는 건 범인에게 놀아나는 걸 의미하기 때문이다.

박건은 남민수의 포커페이스를 무너트릴 필요가 있었다.

그래서 이 질문에 대한 답은 없다.

그저 침묵 속에서 박 검사는 남민수를 노려볼 뿐이다.

이 두 사람의 팽팽한 대치에 싸늘한 공기가 내리 앉았

다. 신 주위에 흐르는 분위기가 서늘하게 변했다.

이종화 감독은 신의 입술이 어서 떨어지길 고대했다.

그러던 이때!

신의 눈동자에서 기이한 광기가 서렸다.

분명 시선은 차가운데 무언가가 이글거리고 있었다.

열기라고 해야 할까?

"사람은 나약하고 추악해서 서로 상처 입히죠. 그런 진실을 외면하면서 너도나도 정의를 외쳐대죠. 이건 너무 이상하지 않아요? 정의란 게 도대체 뭘까요? 정의는 도대체 누구를 위한 정의죠?"

이때, 신은 돌연 웃음을 지었다.

모든 것에 대한 날카로운 조소다. 사람들의 일반적인 상식, 상식적인 통념, 선과 악에 대한 개념들.

이 모든 것에 대해 신은 묻고 있었다.

너희가 믿고 있는 모든 것들은 모래 위의 성과 같이 언제든지 부서질 수 있는 것이 아니냐고.

'놀라워. 놀라워. 시계의 톱니바퀴처럼 연기가 딱딱 맞물려 가. 정교하고 기술적이지만 딱딱하지도 않고 부자연스럽지 않아. 전체가 조화되고 있어.'

이종화 감독은 속으로 감탄해 하며 다음 대사를 급하게 읽었다.

'세 치 혀로 놀리는 훌륭한 궤변이군. 그러나……! 네가

사람을 죽였다는 사실은 변하지 않아!'

이런 대화로 남민수가 설득될 정도라면 애초에 남민수는 사람을 죽이지조차도 않았을 테다. 주사위는 이미 던져졌고 계획은 이미 시작되어 멈출 수 없었다.

지금 이 순간에도 남민수의 계획은 시계의 톱니바퀴처럼 맞물려서 완벽하게 돌아가고 있다. 박 검사는 이에 대해 눈치채지 못하고 있었다. 남민수가 이 암실에 있다는 것에 내심 안도해 하고 있을 뿐.

'아무리 포장해도 넌 사람을 죽인 살인자지. 그리고 난 알 수 있어. 네놈이 얼마나 추악한 가면을 쓰고 있는지 말이지. 넌 사회의 질서를 흩트리는 추악한 괴물이야.'

이때, 남민수는 흥미롭다는 표정으로 박 검사를 바라본다.

예리한 박 검사는 남민수의 정체가 무엇인지 깨닫고 있었다.

'이것만 말해. 이 도면이 뭔지 말하란 말이다! 다른 이야기 꺼내지 말고!'

"거래할 의향 있으시다면요."

남민수의 제안에 박검사는 갈등한다.

이성으로는 이 악마와 거래해서는 안 된다고 생각하지만, 마음속에서 한 번 거래해보자는 유혹이 슬금슬금 피어오르고 있었다.

박 검사가 생각했을 때 지금의 남민수는 막다른 골목에 처한 쥐나 다름없었다. 거래가 성사되나 되지 않으나 박 검사 입장에서 본전치기다.

"사건 빨리 끝내고 싶지 않아요?"

'휴…… 좋아. 네가 도대체 원하는 게 뭐지?'

그러나 남민수는 보란 듯이 큰 한 방을 먹인다.

"범죄자와 타협하지 않는다는 게 박 검사님이 처음부터 말씀하신 거 아니었나요?"

참으로 뻔뻔한 지적이다.

아마 박 검사라면 황당한 표정을 지었을 테다.

남민수는 박 검사와의 기 싸움에서 지지 않을 정도로 고도의 심리전에 능했다.

끝까지 방심하지 말았어야 했는데 살짝 방심하다 남민수에게 그만 당하고 만 것이다.

'한낱 범죄자에 당했다는 것에 박검사는 흥분하여 남민수에게 달려들고…….'

– 이 자식이……!

"그럼 열심히 뛰어보세요. 박 검사님."

이종화 감독은 침을 꿀꺽 삼켰다.

'어우, 이거 죽여주는데?'

긴장감은 물론 극적인 반전까지 맛깔나게 잘 살려냈다.

'작품의 인물이 정말 살아 움직이는 것처럼 정말 생생

했고. 박 검사 인물에 감정 이입을 해서 그런가 저 아이를 한 방 때리고 싶었어, 후후.'

이종화 감독은 문득 생각했다. 저 아이에게는 사람들을 매료시키는 힘이 있구나 하고.

이 힘은 말로 정확히 설명하지 못하는 무언가였다.

'역시 사람들이 서윤도에 열광한 게 그냥은 아니야.'

이종화 감독은 신과 이석규와의 멋진 호흡은 물론 신이 보여줄 남민수라는 인물이 참으로 기대되었다.

'지금도 이 정도 몰입을 보이는 데 중반에 가면……. 이거 무조건 포텐 터진다.'

신은 아직도 연기 중이었다. 극 중에 어찌나 몰입한 건지 이종화 감독의 귀에서 시계의 톱니바퀴가 맞물려가는 소리까지 나는 착각이 일 정도다.

신이 손가락을 까닥거리는 걸 멈췄다.

이 동작이 남민수 연기의 마무리였다.

이종화 감독은 손뼉을 짝짝 쳤다.

"이야, 잘했어요. 잘했어."

신은 자리에서 일어나 머리를 숙였다.

"잘 봐주셔서 감사합니다."

이종화 감독은 까끌까끌한 수염이 난 턱을 쓰다듬으며 말했다.

"몇 가지 좀 물어볼게요."

"넵."

"간단한 거니까 편하게 말해 주세요."

배우를 뽑는 자리인데, 편하게 말하라니.

편하게 말할 수 없었다.

신은 긴장하며 이종화 감독의 입을 주시했다.

한데, 질문은 뜻밖이었다.

"몸에 근육 좀 있나요?"

신이 의아해하자 이종화 감독이 이어서 말했다.

"하하, 여성들을 위한 서비스 컷도 찍을 예정이거든요. 상반신이 노출되는데 배가 튀어나오면 이상할 거 아녜요?"

"근육 좀 있어요. 이전의 역을 소화하느라 각종 훈련을 했거든요. 요새도 하고 있지만요."

"그거 좋네요. 잔 근육이면 돼요. 보기 딱 좋을 정도의 마른 근육. 여자들이 딱 좋아할 근육 있잖아요. 울룩불룩한 거 말고."

"그 정도는 아닌데 얼추 비슷하네요."

"흐음, 알겠습니다. 그런데 여기서 살 좀 더 뺄 수 있어요? 식단 조절도 하고…… 자기 관리를 혹독하게 하면서 자신을 좀 몰아붙여야 해요."

이종화 감독은 신에게 남민수를 하면서 모든 걸 다 쏟아부을 수 있느냐고 묻고 있었다.

"그 정도 할 각오는 하고 이 자리에 왔습니다."

신이 결연한 의지를 표명하자 이종화 감독은 만족스러운 표정을 지었다.

"후후. 그렇군요."

그러던 이때 이종화 감독은 무언가를 집어 들더니 바닥으로 향해 집어 던졌다.

유리가 깨지는 강렬한 소리가 났다.

모래가 주위로 흩날리며 희뿌연 안개가 춤을 췄다.

신은 이종화 감독의 돌발 행동에 아무 말도 않고 부서진 모래시계를 바라보았다.

깨진 유리 틈 사이로 모래가 줄줄 흘러나오고 있었다.

"……"

모래시계는 남민수의 상징물.

피를 고동치게 하는 심장이기도 하자 생명물의 생명이기도 했다.

그런데 이 생명이 깨어졌다.

이때, 이종화 감독이 진한 웃음을 지으며 물었다.

"남민수라면 이 상황에서 무어라고 말 할거지?"

신은 잠시 망설였다.

"어떤 말이든 좋아요. 해봐요."

이 말에 신은 기다렸다는 듯이 대답했다.

"짜증 나서 감독님을 죽이고 싶네요."

이종화 감독을 바라보는 신의 눈이 매의 눈빛처럼 번뜩
이고 있었다.

한데, 이종화 감독은 무어가 그리 좋은지 입가가 찢어
질도록 크게 웃었다.

"크하하하하하!"

☆　★　☆

로만 소속사는 배역 캐스팅에 관한 것으로 내부 회의
중에 있었다.

이 자리에는 마케팅 사업부, 매니지먼트 사업부, 광고
에이전시 사업부, 컨텐츠 사업부 등 각 부에서 부장되는
인사들이 모였다.

"이거 잘하는 것도 정말 잘해도 문제군요."

지금 이들이 한창 회의를 하는 건 신이 보여주는 연기
가 너무나도 강렬하다는 것에 있었다.

이때, 이영식이 하하 웃었다.

"그래도 못 하는 것보다 낫죠."

"일단 영상을 더 보고 판단을……."

노트북과 태블릿 PC에서 신의 비디오 테스트가 돌아가
기 시작했다.

사람들은 영상을 다시 한 번 시청하고는 저마다 감상에

303

빠지며 이런저런 말을 꺼냈다.

"강렬하긴 해도 잘하면 사람들이 환호할 캐릭터가 나타날 거 같은데……."

"작품 스토리도 긴장감도 스릴감이 좀 있어서, 남성에게도 어필할 수 있을 거 같고요."

"서비스 컷 내용을 보니 여성들도 좋아할 거 같아요. 이 작품 장르 스릴러 로맨스라 해도 좋을 거 같은데요?"

"이종화 감독이 이전에는 마초에 마이웨이셨는데 이제 상업성에 눈을 떴나 보군요."

드라마처럼 영화관을 이용하는 주 고객층은 여성이다.

이 여성의 시선을 잡아야 했다.

또, 귀가 얇은 게 한국인의 특징이다. 입소문 나면 너도 나도 본다.

영화가 정말 재미없으면 말짱 도루묵이지만, 화제가 되는 것도 영화 흥행에 큰 힘으로 작동하기도 한다.

이때, 한 여인이 말했다.

"그런데 제가 우려되는 건 이거에요. 사회적 이슈."

"이슈요?"

"사이코패스 살인마를 미화한다고 떠들어댈지도 모르죠."

"아무리 그래도 작품인데 설마 그러려고요?"

이영식이 말했다.

"일리는 있네요. 〈오늘도 위대하게〉가 그랬죠. 주인공이 남한에 내려온 북파 공작원인데, 주인공이 좀 잘생기고 가슴 아픈 사연을 지니고 있어선지 외모지상주의니 간첩 미화니 말 많았죠."

사실 이슈가 터지는 것도 대박이 나야 이슈가 터진다.

〈오늘도 위대하게〉가 성적이 저조했다면 간첩 미화라는 말은 나오지 않았을 테다.

'뭐, 바람의 공주같이 큰 대박은 바라지도 않지만……'

작가고 배우건 전작에서 큰 성공을 해도 차기작에서 큰 대박을 내리라는 보장은 없었다.

신의 경우 장기적인 관점에서 보면 지금 당장 큰 성공을 터뜨리지 않는 게 나을 수도 있었다.

달이 차오르면 달이 지기 마련이듯 단기간에 선풍적인 인기를 끌면 관심이 급속도로 식을 수 있었다.

물론 단기간에 돈을 바짝 벌면 일반인이라면 구경도 못 하는 많은 돈을 벌겠지만…… 대박을 터뜨리는 게 마음대로 되는 게 아니었다. 로만 소속사는 신이 큰 한 방을 터뜨릴 기간을 지금으로부터 향후 3년을 내다보고 있었다.

이영식 부장이 말했다.

"문제가 되는 건 그때 가서 생각하기로 하죠. 아직 결과물이 나오지도 않았으니까요. 어쨌건 양과 늑대의 성적이

평균 이상은 나오지 않을까 하고 예상하는데……."

회의가 진행되었고, 남민수 배역의 최종결정이 났다.

결과는 '찬성'.

만장일치였다.

☆　★　☆

신은 이 남민수라는 역을 이해하기 위해 좀 더 많은 공부를 하기 시작했다.

남민수는 기계 공학에서 정말 악마적인 재능을 발휘하는 천재다. 그래서 신은 기계에 대한 기본적인 지식을 익히기로 했다.

문과생에 불과한 신이 기계에 대해 배운다고 한들 남민수만큼은 아닐 테다. 그래도 이를 배우려는 건 남민수를 어설프게나마 흉내라도 낼 수 있지 않을까 싶어서였다.

다행히 이종화 감독의 지인이 공과 대학에서 교수로 있어서, 신은 각종 기계를 분해하고 조립하는 것도 배우며 기계에 관한 것을 익힐 수 있었다.

'손톱에 검은 게 은근히 끼이네.'

이것만이 아니었다.

인체에 관해 배우기도 했다.

'사람을 죽이는 살인마가 사람의 몸이 어떤 식으로 구성되어 있는지 모르면 이상하잖아.'

한편, 남민수는 예민한 성격이었다. 완벽에 대한 강박관념이 있었고, 더러운 것을 보면 치를 떨었다. 특이한 게 있다면 아름답고 예쁜 것을 좋아했다.

'이런 거 보면 남민수도 인간이긴 하구나.'

또, 남민수가 좋아하는 건 황금비율인 1:1.618이었다.

'해바라기 씨도 그렇고 벌집도 그렇고⋯⋯ 남민수도 피타고라스가 만물의 근원은 수에 있다고 말한 것에 동의할 거야.'

신이 이렇게 남민수라는 배역에 몰두한 것도 어언 이십일차에 접어들었다. 이제는 일기를 써도 남민수의 감정, 생각과 같은 정보를 글로 길게 쓸 수 있었다. 처음에 비한다면 정말 크나큰 발전이었다.

한데, 신이 배역에 몰입하면 할수록 후유증이 나타났다.

기분이 들쑥날쑥해지고, 균형적인 것에 집착하는 강박관념도 지니게 되었다. 또, 신으로서 하지 않을 생각을 종종 하기도 했고, 밤에 잠들지 못할 때도 있었다.

'아, 가면 갈수록 심해지네.'

가끔이지만 신은 스스로가 남민수인지 신인지 헷갈릴 때가 있었다.

'무슨 다중인격자도 아니고.'

신은 이후로 악역은 맡지 않으리라 다짐했다. 그리고 이강우와 함께 정체성 혼란에 관해 이야기를 나누기도 했다.

"배우는 내적 인격을 끌어 올리는 작업을 하니까. 배역에 너무 몰두하다 보면 그럴 수 있지. 너무 불안해 할 필요는 없단다."

이강우는 신에게서 우울증 증상이 보이기도 하나, 지금 당장 약물을 복용하기 보다 상황과 추이를 봐가면서 결정하자고 했다.

"촬영이 끝날 때까지 병원에 자주 들르고, 하루에 한 번씩 나에게 전화해서 기분 상태와 그날 있었던 일을 말해 줘. 알겠지?"

어머니가 돌아가신 이후, 신을 혼내고 격려해준 사람이 바로 이강우였다.

신에게는 제2의 아버지나 다름없었다.

이런 소중한 사람이 곁에 있기에 신은 힘을 낼 수 있었다.

한편, 수연은 곧 수능을 봐야 해서 무척 바쁜 생활을 보냈다.

'수연 누나와 연락이 거의 닿지 않네.'

주말에 수연을 종종 보고는 했지만, 신도 바쁘다 보니

수연과 만나는 일이 드물었다.

신은 수연이 자신을 피하는 게 아닐까 하는 생각도 언뜻 들었다.

'수연이 누나가 나를 피할 이유가 없잖아.'

신은 이렇게 생각하며 수연의 행동에 크게 개의치 않기로 했으나, 연락이 잘 되지 않는 수연에게 섭섭한 마음이 들기도 했다.

하나, 신은 수연을 애써 이해하기로 했다.

'수능 준비하느라 몸이나 마음으로 힘들겠지.'

이런 상황에서 신의 마음에 서서히 다가오는 사람이 있었다.

예리였다.

어찌 된 게 같은 소속사에 있는 우진보다 연락이 더 자주자주 왔다.

그녀의 연락은 보고 싶다는 등, 지금 뭐하냐는 등등 이런 식이었다.

'내가 누나한테 특별한 감정을 느끼듯 누나도 나한테……'

신은 이런 관심을 가져다주는 예리가 귀찮지 않았다.

좋았다.

아무래도 예리가 누나다 보니 의지가 되는 면도 있었다.

이러다 신은 예리와 사적인 약속을 잡기까지 했다.

"응, 좋아. 주소 보내줄 테니까 주말에 여기로 와."

예리가 불러준 주소는 아무에게도 노출되지 않은 그녀의 은신처였다.

그리고 이날, 두 사람은 한 공간 안에 있게 되었다.

'예리 누나와 한 공간 안에 있다니……. 게다가 집에 날 초대한 건…….'

신의 가슴이 두근거리며 뛰었다. 예리도 그랬다.

"오, 오늘따라 좀 덥네. 호호."

그렇지 않아도 서로에게 호감이 있던 두 사람인데, 같은 공간에 있으니 이상야릇한 분위기가 흘렀다.

이 분위기에 정신이 번쩍 들고 보니 신과 예리는 어느덧 손잡고 있었다. 누가 말할 것도 없이 서로의 입에 입을 맞췄다. 자연스러웠다. 이성의 명령이 아닌 동물적인 이끌림이었다. 그러나 서로의 타액과 타액이 오가는 깊은 입맞춤은 아니었다.

"일단은 여기까지."

여기서 진도를 더 빼지 않는 게 신은 아쉽기만 했다.

그녀는 다 이해한다는 표정으로 말했다.

"이 누나가 알아서 할게. 넌 누나만 믿어. 이 누나가 다 이끌어 줄 테니까."

그러나 동화를 통하여 상대방 마음을 읽을 수 있는 신에게 그녀의 허장성세는 통하지 않았다.

'예리 누나 겉으로 강한 척하면서 속은 겁 많고 여린 타입이구나.'

신은 일부러 센 척하는 예리가 귀여워서 그녀를 건들지 않다가 예리가 방심하고 있을 때 세게 나가기로 했다.

"뭐, 뭐하는 거야."

예리가 눈을 둥그렇게 뜨고 눈을 감았다.

입술과 입술이 닿았다. 부드러웠다. 곧이어, 서로의 타액이 오고 갔다.

신과 예리는 기묘한 흥분 속에서 서로를 느꼈다. 하나가 되는 걸 느꼈다.

예리는 벌게진 얼굴로 속으로 중얼거렸다.

'이 자식 왜 이리 능숙한 거야. 수연이에게 들었을 때 사귄 적 없다고 들었는데.'

방심한 사이 맥없이 당했지만, 그녀는 신에게 당한 게 싫지 않았다.

오히려 신에게 강렬히 끌렸다.

'그저 동생인 줄로만 알았는데. 늠름하고 남자다운 뜻밖의 면모가 있잖아.'

더 깊은 진도는 나가지 않기로 했다. 급할 건 없었다.

앞으로 차차 나가면 되니까.

두 사람은 스킨십으로 서로의 감정을 확인하며 하루를 보냈다. 이후, 두 사람은 자연스레 사귀게 되었다. 깊숙하게 발전된 두 사람의 사이는 매니저만 알게 되었다. 다른 사람에게 밝히지 않았다. 아니, 못했다. 이 두 사람의 사이가 밝혀지면 대한민국 전체가 들썩거릴 테니까.

대중에게 밝히지 못하는 비밀 연애에 평범한 사람처럼 자주 만나지 못하는 게 아쉬웠지만, 남몰래 사귀는 건 정말 스릴이 있었다.

두 사람은 대중과 파파라치의 눈을 피해 비밀리에 종종 만났고, 연락을 통해 서로에 대한 호감을 키워갔다.

신은 예리와 애정을 키워가면서 정체성이 흔들리는 걸 이겨낼 수 있었다.

물론 이 정체성 혼란은 본인 스스로 이겨내야 하기에 사귀는 게 만능해결책은 아니었다.

이러는 한편, 신은 대본 리딩 모임을 통해 배우들 간의 호흡을 맞췄다.

이 대본 리딩의 모임은 신에 대한 감탄으로 마무리되었다.

시간은 흐르고 흘러 촬영에 들어갈 날이 다가왔다.

〈3권에서 계속〉